《南湖颂(排律)》 李光前诗　唐方裕书

《水调歌头·南湖红船颂》　张合银词　　高军法书

韦化彪联　洪厚甜书

《五律·庆祝中国共产党诞辰九十周年(新声韵)》 刘县生诗　　洪厚甜书

《临江仙·建党九十周年庆》 方 鸿词 唐方裕书

《满庭芳·庆建党九十周年》 张印江词　　唐方裕书

《金缕曲·为中国共产党建党九十周年而作》 黄如传词　高军法书

《沁园春·建党九十周年感怀》 陈淑艳词　　于恩东书

立党爲公執政爲民九旬風雨中來許鍾鐮移本色

劉松山聯語

大功在史豐碑在口遍地笙歌裏再教日月換新天

楊秀文書

刘松山联　　杨秀文书

依然真理作標杆伴眼裏旗
飛赤縣九旬興大業
張紹斌聯

仰止豐碑為起點任心中潮
踊紅歌一首祝華辰
楊秀文書

张绍斌联　杨秀文书

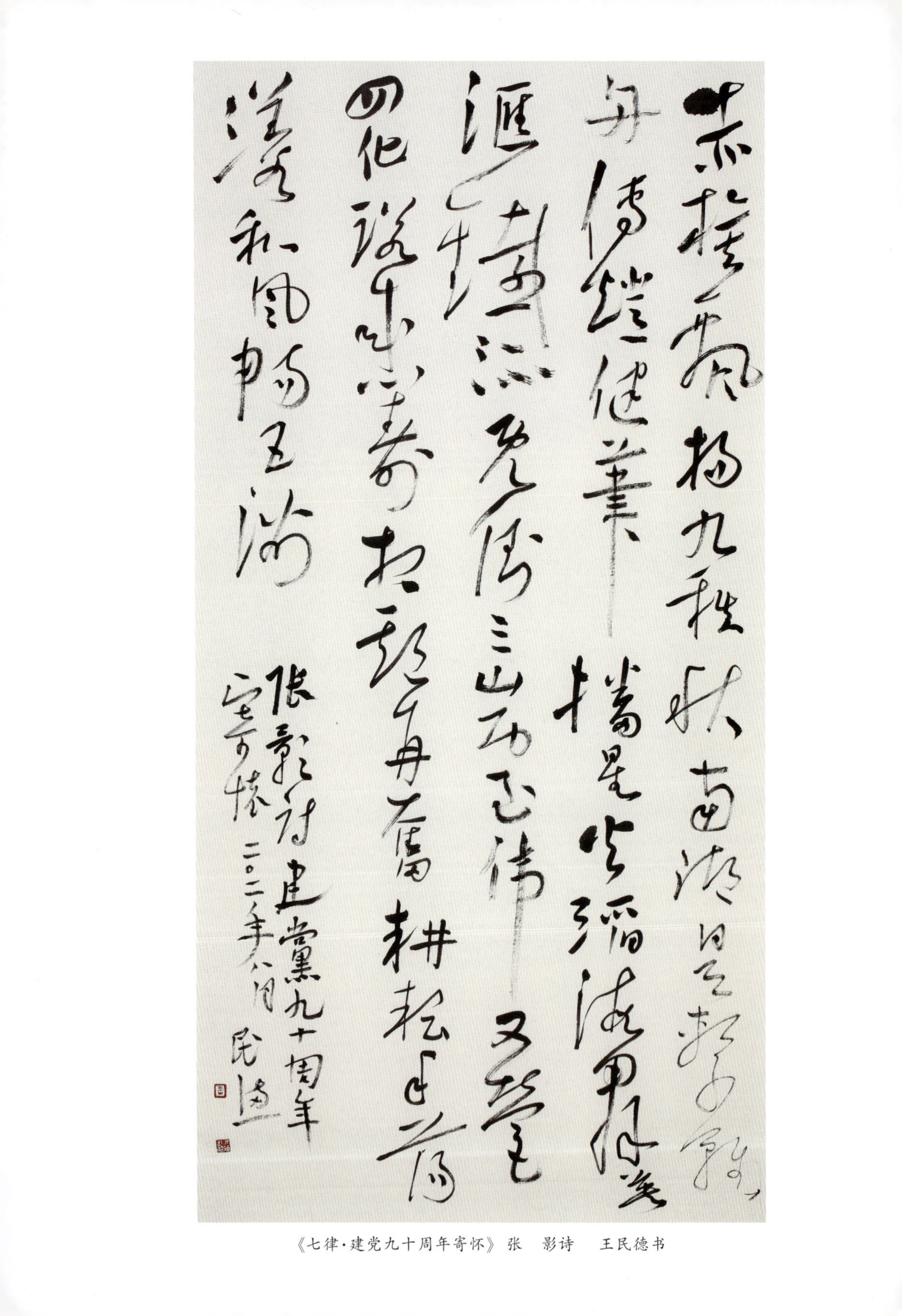

《七律·建党九十周年寄怀》张　影诗　　王民德书

《庆贺建党九十周年(新韵)》 李树先诗　　王民德书

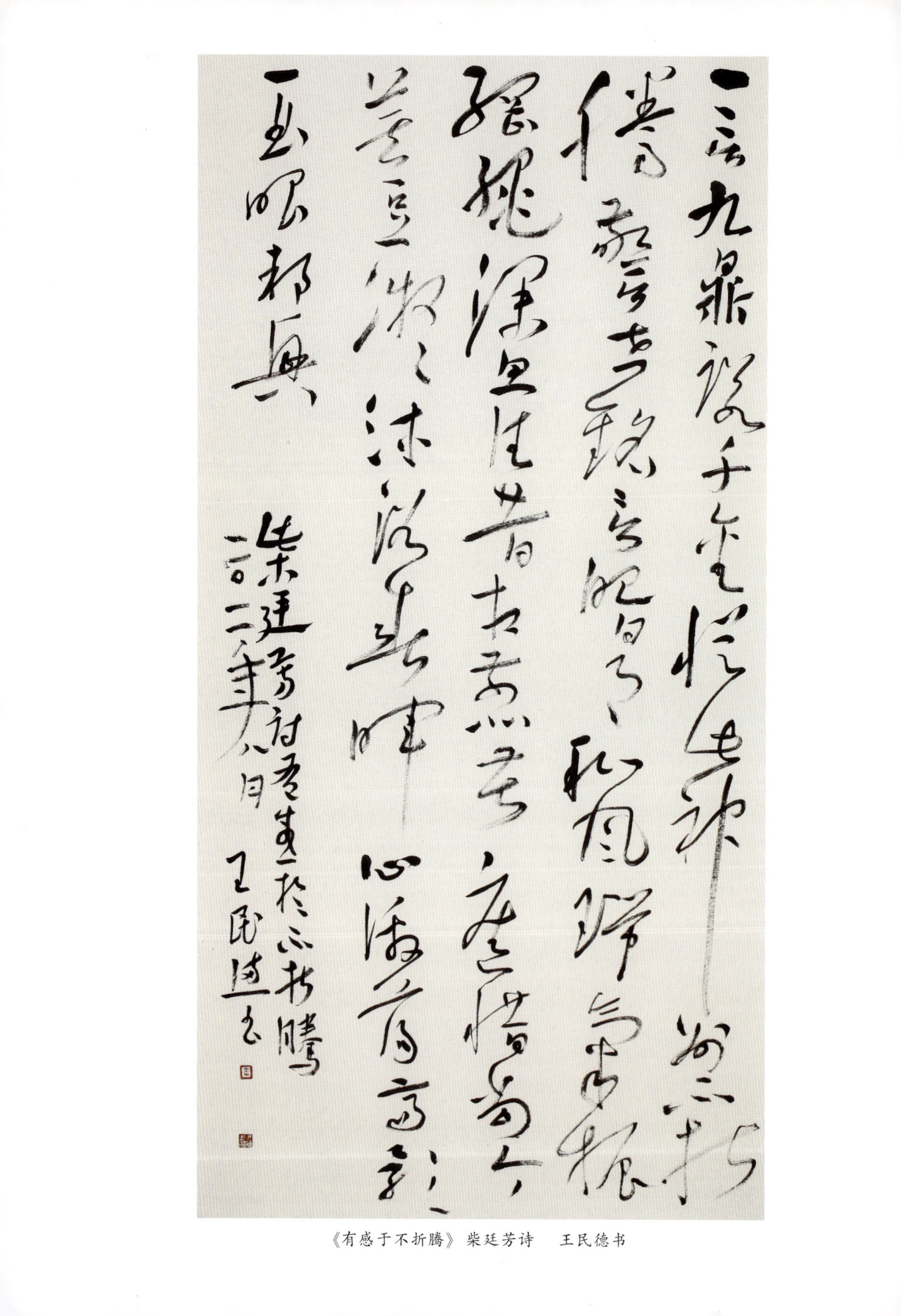

《有感于不折腾》 柴廷芳诗 王民德书

《有感》 项宗西诗　　于恩东书

《沁园春·"七 一"》 钱安华词　　于恩东书

九秩卷開新滬上尋遊翰彩帶明
珠東海雲霞烘日出
色南湖煙雨蕩船来
千聲詩不老亭前湯步讀荷香柳

劉敏先生聯語
辛卯秋 袁波書

刘　敏联　袁　波书

人民站起来生活富起来城鄉美
起来三番開辟新天地
如許九秩稱揚鑄脊梁
信念堅如許宗旨牢如許風氣清

董海红先生聯語

辛卯之秋　袁波書

董海红联　袁　波书

九十集巨著呈來天作序地
題跋慨鍾魄鑣寬拍案疾呼
偉大光榮正確
萬峥嶸先生長聯
辛卯之秋袁波書
龢諧美滿幸福
奏樂逢月圓花好舉盃暢飲
千萬首紅歌響起民引吭國

万峥嵘联　袁　波书

南湖啟碇西域飛舟一路創輝煌端賴雄才擎大纛

朱海清聯

北極呈祥東方朗日九州添錦繡金憑砥柱立中流

楊秀文书

朱海清联　杨秀文书

砥柱中流颂

『为中国共产党九十华诞放歌』
诗词联赋征文大赛作品集

《中华辞赋》社、中共重庆市委宣传部 编

重庆出版集团
重庆出版社

图书在版编目(CIP)数据

砥柱中流颂："为中国共产党九十华诞放歌"诗词联赋征文大赛作品集/《中华辞赋》社，中共重庆市委宣传部编. —重庆：重庆出版社，2011.10

ISBN 978-7-229-04632-3

Ⅰ.①砥… Ⅱ.①中… ②中… Ⅲ.①诗词—作品集—中国—当代 ②对联—作品集—中国—当代 ③赋—作品集—中国—当代 Ⅳ.①I217.1

中国版本图书馆CIP数据核字(2011)第213283号

砥柱中流颂

"为中国共产党九十华诞放歌"诗词联赋征文大赛作品集

DIZHU ZHONGLIU SONG

《中华辞赋》社、中共重庆市委宣传部 编

出 版 人：罗小卫
封面题字：唐方裕
责任编辑：别必亮 秦 琥
责任校对：杨 婧
装帧设计：重庆出版集团艺术设计有限公司·吴庆渝

重庆出版集团
重庆出版社 出版

重庆长江二路205号 邮政编码：400016 http://www.cqph.com
重庆出版集团艺术设计有限公司制版
重庆川外印务有限公司印刷
重庆出版集团图书发行有限公司发行
E-MAIL:fxchu@cqph.com 邮购电话：023-68809452
全国新华书店经销

开本：740mm×1 030mm 1/16 印张：14.5 字数：220千
2011年10月第1版 2011年10月第1次印刷
ISBN 978-7-229-04632-3
定价：36.00元

如有印装质量问题，请向本集团图书发行有限公司调换：023-68706683

序言

虞云耀

2011年3月，《中华辞赋》社的同志向我介绍了举办“为中国共产党九十华诞放歌”诗词联赋征文大赛的计划，并邀请我作为大赛的顾问，我欣然应允。在中国共产党成立90周年之际举办这项活动，是一件很有意义的事情。现在，大赛已经顺利落下帷幕，经过评委会的认真评审，从16000多篇来稿中，评选出200多篇获奖作品，并由重庆出版社结集出版，可喜可贺！细读这本《砥柱中流颂》，心潮澎湃，浮想联翩，感触很深。我相信，这些作者绝大多数都不是专业从事诗词联赋创作的，他们年龄不同，职业不同，经历不同，文学素养也不同，但面对党的90岁生日，有着发自内心的共同感情和声音：热爱党，歌颂党，希望党带领人民走向更加美好的明天。而且这种感情和声音，是那样真切、有力、深沉。

这些作品艺术地再现了中国共产党的奋斗历程和取得的辉煌成就，充分反映了作者和广大群众对党的热爱之情。有的作品对党的历史作了全程性或全景式的回顾，有的描述了一个侧面或一个时段，还有的以凝练的语言概括了我们党90年历程的特点和经验。在我们的眼前展现了一幅幅光彩夺目的画卷：革命战争年代那硝烟弥漫的战场，和平建设时期那热火朝天的工地，改革开放时代那势不可当的大潮。我们党带领全国人民战胜了一个又一个困难，夺取了一个又一个胜利，创造了中华民族历史上新的辉煌。这些作品中洋溢着对中国共产党的无比热爱。没有共产党就没有新中国、就没有中国人民今天的幸福生活，从这些作品中可以感受到作者发自心灵深处的声音。

这些作品生动地展示了党和国家发展的美好前景，充分体现了作者和广大群众对中国特色社会主义事业的坚定信心。很多作品不仅回顾我们党光辉的历史，而且满怀激情地憧憬美好的未来，描绘中华民族伟大复兴的壮丽蓝图。这种对未来的希望是建立在对中国特色社会主义伟大事业和中国共产党正确领导的坚定信心基础之上的，作品的字里行间充溢着对改革开放辉煌成就的赞颂，对中国特色社会主义道路、理论体系和制度的认同。这是以艺术化的方法宣传和普及党的基本理论、基本路线、基本纲领、基本经验，奏响了奔向社会主义现代化宏伟目标的进行曲，鼓舞人们奋勇前进的斗志，给人以力量。

这些作品在一定程度上反映了当今诗词联赋的创作水平，充分展现了中华优秀传统文化的强大生命力。读起这些诗词联赋，常常会被许多精彩的语句和段落所打动，无论是词语的选择还是韵律的把握，也无论是巧妙的隐喻还是恰当的夸张，都让人感受到作者别具的匠心和创作的水准。作者们努力运用形象思维和艺术手法，创作出了具有艺术感染力的好作品。读了这些作品，不仅受到思想启迪，而且受到艺术熏陶；不仅提高政治觉悟，而且增长文学知识。

此外，我了解到这次征文活动的参加者和获奖者中有许多中青年作者，这尤其令人欣慰。这说明，党领导的伟大事业后继有人，中华优秀传统文化也后继有人。中华优秀传统文化是我们民族的宝贵遗产，有着丰富的内涵和巨大的价值。继承和弘扬优秀传统文化，是建设社会主义精神文明的需要，也是发展社会主义先进文化的需要。胡锦涛同志指出：中华民族创造了源远流长、博大精深的中华文化，中华民族也一定能够在弘扬中华优秀传统文化的基础上创造出中华文化新的辉煌。

在此，我对“为中国共产党九十华诞放歌”诗词联赋征文大赛的成功举办和《砥柱中流颂》的出版表示祝贺，对为大赛的举办和这部好书的出版付出辛勤劳动的同志们表示敬意。我愿意向热爱党、热爱祖国、热爱中华优秀传统文化的朋友们推荐这本好书。

2011年8月

（虞云耀，“为中国共产党九十华诞放歌”诗词联赋征文大赛组委会顾问。现任全国党建研究会会长。曾任中共中央组织部副部长、中共中央党校常务副校长。）

目录

联

赋

三等奖作品

诗

词

联

赋

优秀奖作品

诗

词

联

赋

一等奖作品

YIDENGJIANG ZUOPIN

诗

南湖颂(排律)

李光前

神州多大泽，当代重南湖。潋滟波光阔，峥嵘气象殊。
霞光蒸紫气，碧水托宏图。雪迫红梅放，春温岸柳苏。
方舟装俊彦，巨手拯寒枯。农运惊天宇，工潮动海隅。
南昌枪弹啸，文市电雷呼。星火燎原日，井冈聚义初。
朝晖撕夜幕，气势撼京都。受挫千员失，求存万里驱。
仁人勤献策，志士勇捐躯。马列旗难折，英雄道不孤。
船经遵义正，血染雪山朱。德重黎元附，才高众望孚。
茫茫迷雾散，渐渐阵容粗。北上驱倭寇，南征讨独夫。
千秋开伟业，万户换桃符。历尽崎岖路，迎来坦荡途。
艰难时不永，壮丽景堪娱。千家歌大道，九域仰中枢。
碧宇来金凤，中华耸碧梧。仍怜一湖水，汩汩润根须。

【作者简介】

李光前，高中教师，中华诗词学会、中国楹联学会会员，中华诗词文化研究所、中国对联文化研究院研究员，湖南省楹联艺术家协会理事，浏阳市淮川诗社副社长，浏阳市楹联学会副会长。

词

水调歌头·南湖红船颂

张合银

帆载一川雨，橹荡万钧雷。风桅敢柱天阙，神力挽纲维。遍播星星之火，唤起工农大众，百战壮云麾。铁帚除腥秽，红日迓春回。

瑞鹤鸣，丹凤舞，彩云追。诚开沧海襟魄，华夏望心归。更喜潮平水阔，一路长风鼓浪，八面凯歌飞。奏捷小康路，重塑里程碑。

【作者简介】

张合银，男，1929年8月出生，河南省鄢陵县人，中共党员。1956年毕业于河南大学中文系。一直从事教育工作，退休前在郑州水利学校教哲学，高级讲师。1958年开始在报刊上发表文章和诗歌。现为河南老年诗词研究会会员，河南省水利厅《江河诗社》主编。

联

楹联一

韦化彪

在船是舵，在路是标，九旬长作先锋队；

于政曰公，于民曰仆，一世甘为孺子牛。

【作者简介】

韦化彪，副教授，中国楹联学会会员，天津市楹联学会副会长，天津市作家协会、中国散文学会会员，天津市老年大学诗词楹联写作提高班教师。获全国联赛奖200余个，有若干联在名胜区悬挂。

赋

光辉历程赋

马建勋

壮哉其势，浩浩巨澜；伟哉其功，烁烁空前。九秩春秋，历卓绝之艰苦；万难岁月，开盛世之新天。煌如烈阳，鼎峙民族之柱；焰比初旭，傲立世界之先。九百万余平方公里，蕴灵而毓秀；十三亿众各族人民，汇英而聚贤。浴火而生，羽披曙色；迎风而翥，霖播福源。肇始时代新生，民族之希望；宏开旷古伟业，华夏之中坚。引领康庄，唯弘宣言共产；披斩荆棘，乃奋举擎锤镰。马列为宗，结合中国之实践；工农为主，创建民主之政权。英雄辈出，九霄云月可揽；风雨同济，万众危艰敢担。海岳飞虹，看神州腾飞热土；沧桑焕彩，数风流尽绽新颜。

犹忆暗夜茫茫，东方欲晓；谁赴征程漫漫？志士直前。京城学潮，五四风云惊浊世；南湖党建，七一奔雷响红船。北伐同征，国共携手；众志革命，工农竞先。然乎一代伟人，溘然长逝；三大政策，横遭摧残[1]。恶雨凶风，直面白色恐怖；刀丛枪阵，笑洒碧血凛然。井冈旗飞，卓识于武装建政；南昌枪响，信仰于道义宏篇。五次围剿，强敌何畏？万里长征，出路维艰。遵义之明，光辉重现；深省之举，生机再诞。赤水金沙，铁流突围弹雨；雪山草地，英风长伴旗翾。复有倭寇凌侵，举国涂炭；抗日北上，义勇映丹。联合阵线，冰释前嫌；民族大义，重逾泰山。平型关前，振三军之士气；太行山上，战八年而凯旋。至而解放战争，千军横扫枯朽；人间正道，万众齐讨逆残。战辽沈，下平津；鏖淮海，渡江南。红旗指处，江山尽换新曙色；落花去时，独夫徒叹旧金銮[2]。

既而十月金秋，五星旗映玉宇；万里霄壤，四海日灿瀛寰。伟人振臂而呼：人民万岁！党业终襄壮举，世纪新元。做主工农，同秉家国之政；翻身民众，共建锦绣之园。守业知难，毋忘艰苦本色；奋发求进，昂首勇往直前。抗美援朝，和平岂容再犯？保家卫国，领土何忍重残？创奇迹于世界，两弹惊爆；抒豪情于苍穹，一星巡天。然而征途路遥，偏逢多舛；云隐晴日，弥漫霾烟。三年灾害，犹忆伤痕创痛；十载浩劫，难消噩梦心寒。幸赖拨乱反正，重清皓朗；去邪除凶，还民欣欢。体制改革，南巡精神倡大道；经济开放，东方风采谱新篇。九秩风流，堪铭汗青史记；卅载奋斗，纷呈奇迹大观。“嫦娥”探月窟，“神舟”天外还。高峡横天坝，铁路越雪原。维和外邦，树形象于亚非拉；护航远海，扬国威于亚丁湾。失地复归，重圆七子之梦；国运日壮，再攀五洲之巅。科技领先，鸿图日新月异；党政指路，生活锦簇花团。丰碑永存，矢志信仰而奋进；史诗不朽，创造和谐之春天。

慨叹华夏万年，非无盛世；民族振兴，唯今冠先。昔者仁出尧舜，德出汤文[3]。治以文景，盛以贞观。兴之永宣，荣之康乾[4]。皆以鼎盛而称颂，各呈异彩之荣繁。然终不及今朝昌兴，民意欣然；升平海内，富康有阗。其尽脱赤贫，业成蓬勃之势；举国致富，民饱膏粱之餐。苟非党业峥嵘，焉得韶华争竞？若无英明统领，岂致家国长安？或歌曰：“没有共产党，就没有新中国。”岂颂辞之传唱，实至理之真言。孚众望所归，理想初现；得道义多助，丰功承延。祝兮地瑞天祥，九秩普庆；愿兮道兴国盛，亿万斯年。

【注　　释】

[1]一代伟人，指孙中山。三大政策，即联俄，联共，扶助农工。

[2]独夫，指蒋介石。旧金銮，指蒋家王朝。

[3]汤文，指商汤、周文王。

[4]明永乐至宣德、清康熙至乾隆，都是王朝最鼎盛期。

【作者简介】

马建勋，辽宁沈阳人。至今已在各报刊杂志发表文字作品300余篇，作品入书15部，在各类征文中获奖40余次。

二等奖作品

ERDENGJIANG ZUOPIN

诗

五律·庆祝中国共产党诞辰九十周年（新声韵）

刘县生

南湖曙照临，画舫绘阳春。
霹雳惊苍宇，飙风扫旧尘。
工农鞭霸主，德业鼓龙音。
九秩沧桑远，山河一片新。

【作者简介】

刘县生，河北省故城县人。中华诗词学会会员，河北省散文学会常务理事，河北省民俗文化协会理事，河北省作家协会、诗词协会会员，衡水市民间文学艺术委员会主任，衡水市诗词学会副会长，衡水市作家协会副秘书长，故城县散文学会会长。《衡水民间文学》主编，《燕赵故事》编辑部主任。

词

临江仙·建党九十周年庆

方 鸿

击楫南湖扬马列，井冈星火熊熊。工农奋起挽长弓。巨人挥手处，华夏见晴空。

喜说春天新故事，咸歌九秩丰功。心香寄意对苍穹。无疆山岳寿，万岁党旗红。

【作者简介】

方鸿，男，1945 年生，在基层企业从事技术工作，喜诗词，现为湖南省岳阳市诗词协会会员。

满庭芳·庆建党九十周年

——为《百米龙图》长卷作

张印江

笔带东风，云翻雾纵，素宣腾起蛟龙。点睛神化，威凛动雷霆。莫道图腾故垒，须回首、九秩征程。丹心在，燎原星火，遥夜待黎明。

长缨挥舞处，乾坤轴转，玉宇澄清。漫赢得金瓯，鼎鼐新京。惊世蛰龙再醒，九天上，祥瑞蒸腾。逢华诞，金樽宝卷，尧舜驾长鲸。

【作者简介】

张印江，1944年生，北京交通大学（原北京铁道学院）毕业，原河北省沧州铁路电务段总工程师。现沧州诗词学会会员，辑有《汐拾斋诗词文稿》、《题画诗集》等。诗、词、赋、散文曾先后在多家报刊发表。

金缕曲·为中国共产党建党九十周年而作

黄如传

波撼南湖树。铁男儿，揭竿举义，气吞骄虏。唤起工农千百万，要把乾坤重铸。曾历遍、冰霜雪雨。万里雷霆摧朽木，下钟山、谈笑终擒虎。九州沸，庆天曙。世间总有弯弯路。

看航船、冲礁破浪，大江东去。追日常怀夸父志，业绩功彪今古。渐赢得、国强民富。孽鼠妖狐须扫尽，任西风、社稷金汤固。坚砥柱，帜[1]高举。

【注　　释】

[1]帜：中国特色社会主义旗帜。

【作者简介】

黄如传，1943年生，福建莆田人，中共党员，高级讲师。原中共福建省泰宁县委党校常务副校长，泰宁县诗词学会会长，著有《荔桑诗词选》。2003年退休，现为厦门市诗词学会理事。

沁园春·建党九十周年感怀

陈淑艳

回望南湖，九秩狂澜，激荡在胸。忆先驱播撒，星星火种；洪音唤起，耿耿工农。打下江山，迎来旭日，大业兴隆几代功。征程里、任艰难险阻，未改初衷。

莺歌燕舞融融，正特色谋求发展中。以推行两制，震惊海外；和谐一曲，响彻云空。关注民生，增强国力，看我长城永屹东。新航领、盼廉刀割腐，旗更添红。

【作者简介】

陈淑艳，女，58岁。黑龙江省哈尔滨市呼兰区萧乡诗社社刊《萧乡诗词》副主编，黑龙江诗词协会常务理事，中华诗词学会会员。

沁园春·喜庆建党九十周年

彭松青

锦绣中华，大庆芳辰，气象万千。喜甘霖普降，花辉禹甸，阴霾尽扫，美景非凡。船箭腾空，稻粮盖地，簇簇繁花似锦团。观寰宇，映霞光异彩，唯我尧天。

征程往事多端，难忘腥风血雨斑。幸东方日出，扫除魍魉，开基创业，重振河山。曾几何时，小康初衍，再踏层峰万马酣。涛声劲，更东风浩荡，竞发千帆。

【作者简介】

彭松青,1940 年入党。现为中国人民解放军总装备部武汉干休所军级离休干部。离休后在湖北省军区老干部大学学诗词至今。在多种诗词刊物、杂志发表诗词百余首。曾多次参加全省、全军诗词大赛并获一、二、三等和优秀作品奖。现为湖北诗词学会、长白山诗词学会会员,鹰台诗社、解放军红叶诗社社员。

联

楹联一

刘松山

立党为公，执政为民，九旬风雨中，未许锤镰移本色；
大功在史，丰碑在口，遍地笙歌里，再教日月换新天。

【作者简介】

刘松山，就职于中共湖南省益阳市委办公室，系湖南省益阳市楹联家协会副主席。

楹联二

张绍斌

依然真理作标杆，伴眼里旗飞，赤县九旬兴大业；
仰止丰碑为起点，任心中潮涌，红歌一首祝华辰。

【作者简介】

张绍斌，中国楹联学会会员，中华对联文化研究院研究员，江西省新建县楹联学会副主席。

楹联三

吕可夫

九十年风雨沧桑，壮怀激荡，数煌煌懋绩何丰？最难忘航起南湖，旌卷井冈，延安逐鹿，北京定鼎，历多少筚路移山，不屈不挠，方赢得锁链去身，人民做主，锤镰掌印，河岳回春，快意望神州，满眸工矿沸腾，田野欢喧，阔道纵横，画楼鳞栉，更有那卫星巡日，飞舟探月，如火如荼，花声鸟语闹新晴，骄泱泱华夏，昂首挺胸，炎黄儿女，吐气扬眉，盛世开天辟地，皆赖故贤！当记取热土英魂，雄才碧血。

万千里版图锦绣，美景斑斓，看勃勃生机正劲，又喜添紫荆艳港，白莲香澳，陆岛架虹，鸾凤归巢，力改革藩篱破壁，可歌可泣，欣迎来城乡富庶，社会和谐，邦拆浇铜，党威铸铁，倾情挥巨笔，一派中原浓墨，边陲重彩，西疆疾马，东海猛潮，且凭它教育超前，科技领先，弥高弥远，虎步龙骧扛大纛，践漫漫长征，披肝沥胆，宏伟目标，殚精竭虑，昌时烁古辉今，还期我辈！休辜负母亲祖国，特色红旗。

【作者简介】

吕可夫，男，中国楹联学会会员，中华对联文化研究院研究员，华夏诗联书画艺术研究院研究员，湖南省楹联家协会常务理事，湖南省诗词协会会员，湖南省老干诗词协会副会长，《湖南老年诗词》主编，长沙诗人协会会员，长沙市楹联家协会副主席。近五年来，在全国诗联赛事中获奖300多次。

赋

中国共产党九十华诞赋

冯晚榆

七一佳期，九旬华诞。人物风流，江山巨变。曾历万千风雨，挥戈射日；缔创古今伟业，覆地翻天。一九二一，肇建维艰。南湖明波映赤，危机潜在；东隅星火燎原，红信暗传。南昌炮响，武装斗争开新页；湖广畴香，秋收起义卷狂澜。赤帜上井冈，首建革命根据地；农村围城市，识钦领袖毛委员。

看八角楼灯光，残月曦连，挥毫巨卷；听万重山鼓角，强敌宵遁，折戟荒峦。遵义会上，画出雄伟蓝图；娄山关头，谱写壮丽诗篇。四渡赤水，彰显英雄本色；三大法宝，确定斗争指南。茫茫草地，皑皑雪山，金沙险渡，识定神闲。血雨腥风，扑不灭燎原烈火；围追堵截，挡不住革命狂澜。历千般险境，闯出死地；涉万里艰程，到达延安。

土窑洞中，心忧天下，情系国难；南泥湾内，手垦荒坡，自救饥寒。倭寇逞凶，卢沟桥头挑战衅；巴蛇吞象，京沪国门起狼烟。大声疾喊，我党呼吁全民抗战；跃马横枪，我军奔赴抗日前沿。壮志捐躯，台儿庄声威大震；奇兵巧设，平型关捷报频传。百团大战，一举荡平敌寇；太行游击，几番尽歼倭顽。

日寇受降，并未河清海晏；蒋逆蓄谋，又起内战波澜。抢摘战果、破坏和谈、陈兵百万，豆萁相煎。同仇敌忾，群情同声反战；救国为民，我党力赴时艰。数出奇兵,击溃蒋邦劲旅;三大战役,殄灭反共凶熠。强渡长江,惊破金陵残梦;解放西南,推翻"国统"江山。

百端待举,缔建人民中国;万象更新,展开舜同尧天。改制途艰,历经屡番风雨;新航道远,驶过无数险滩。继而"左"祸蔓延,乌云蔽同;浮夸冒进,国失宁安。十年浩劫,民族经霜历雪;群魔乱舞,贤良负屈蒙冤。

地转天迴,中央捷报喜传;拨乱反正,邓公力挽狂澜。批林逆、斥四害、兴改革、正风帆。特色鸿猷,重绘复兴大计;与时俱进,展望世纪高端。港澳回归,百年国耻昭雪;奥运梦圆,一代风流争妍。神舟七上,探知太空奥秘;世博宏开,刷新历史纪元。地震洪灾,涌现无疆大爱;家园重建,兀起伊甸乐园。城乡一体,全民共享成果;文明双建,亿众尽乐尧天。

曙光昭物彩,淑气入华年,新风开盛世,春色满人间。伟业千秋,举国同庆华诞;宏基万代,江山尽露娇颜。澎湃激情,万言难尽,长歌未已,续颂微言:

巨龙腾飞兮日丽云妍,华夏盛世兮燕舞莺欢。

九旬华诞兮寿民寿世,国运昌隆兮福满人寰。

【作者简介】

冯晚榆,1949 年生于四川隆昌县,现居成都温江。为中国书画艺术家协会副会长,四川省电视艺术家协会会员,中国青少年书法家协会理事,四川省五军书画院秘书长,成都市书法家协会会员,四川省毛泽东诗词研究会副会长兼书画院院长,四川省文化馆影视中心创作部部长,四川省广播电影电视局特约编剧。

九十华诞赋

刘群

九十华年，沧桑几度。长天飞涅槃之彩凤；大地醒崛起之民族。良辰佳日，白云苍狗，齐随思绪翻卷；秋月春风，乐事怡情，共与心潮起伏。

上世纪初，国蒙屈辱。朝野分崩，贼盗攘扰纲纪；山河破碎，敌顽侵谷疆土。铁蹄中践踏，家园几做废墟；黑云压城，百姓惨遭屠戮。中华民族，已到危急时刻；神州大国，濒临累卵地步。

呜呼，国将不国，家亦难家，大地挨宰割，中国向何处？

十月炮响，世界惊呼。先贤担道义，血书真理；俊彦告同胞，民主沉浮！驱鞑虏，御外侮，兴中华，保疆土。壮怀激烈，群英会聚小艇；意气风发，猛志激荡南湖。

南昌枪密，井冈炮隆。五次围剿，革命处于低谷；四渡赤水，奇兵势如破竹。遵义会议，航船驶入正轨；雄师大捷，夜路高燃明烛。万里长征，红军光耀万古；千年史话，赤子笔镌千书。延安圣地，决胜八年抗战；窑洞灯光，映红万里征途。平型关、台儿庄，抗击倭寇血洒长天；抗联军、游击队，泣动鬼神魂归热土。重庆谈判，沁园春畅抒领袖胸襟；国共合作，曾家岩绽放寒梅风骨。三大战役，胜在天理人心；两强争锋，输在思枯体腐。十一国庆，五星红旗辉映四海五洲；百年风云，一党为民造福千家万户。

寂寂黄花，离离宿草，浩气长存，英灵永驻。万千英烈，捐躯故国，盖天之功，青史长录。

三千里江山，见证正义、友谊、和平；三八线南北，切出霸权、分裂、痛楚。困难时期，领袖平民同甘共苦；动乱年代，军国百姓共度沉浮。灾难突发，温情救助，坚强领导，重建如故。

三中全会，打开时代大门；一号文件，抬起巨人脚步。东方风来满眼春，领袖指定阳光。黄山同游美景；高洲共绘宏图。九州方圆，同施绝艺，苍天不负有心人；八仙过海，各显奇能，政策开出致富路。港澳回归，华人共祝。遥望宝岛，归期有数。神舟弟兄，遨游银河大波；嫦娥姐妹，扯起广寒帷幕。三十年，人民安居乐业，事业兴旺发达；大地五谷丰登，山川花团锦簇。八万里，世界惊呼发展，寰球关注进步，友邦频结情谊，海外寻求互助。世间挺起中华民族，宇内同结华夏情愫。与牵牛齐飞，党旗共红霞一色。

九十华诞，沧桑几度，共产党人，中流砥柱。看中华之崛起兮，亮东方之明珠；看世界之发展兮，有华人之力助；看巨龙之腾飞兮，正穿云而破雾；看彩凤之翔舞兮，乃祥瑞之曼翥。改革开放，千帆竞渡，福寿长臻，江山永固。长空永播东方红主旋，大地不停春之声脚步。十二五蓝图，大略雄才；十三亿英杰，昂首阔步。

九旬矣，猎猎党旗前头引路，且看今朝风流人物！

【作者简介】

刘群，1968 年下乡当知青，1970 年在辽宁省鞍山市邮政局任投递员，1979 年入党，1989 年调入鞍山市公安局任调研员。1992 年出版报告文学集《照耀警坛的强光》（合作），1993 年出版侦破纪实集《石破天惊》（合作），2011 年出版长篇小说《执黑先行》。

镰锤赋

屈　杰

积弱百年，几倾国柱；石炼五彩，难堵秋雨。浊流九派，狐兔纵横；月暗三更，群魔乱舞。伤哉！五千年之文明，恨水东流；三万里之长空，乱云飞渡。忽雷震神州，红盈广宇。乃奋镰锤，斩棘披荆；爰挥赤纛，后继前赴。初欣棠棣花并，海天红遍；旌麾北指，诸侯梦终。忽尔白帝司时，飞霜降雪；独夫荷戟，屠绿剪红。是以剑亮南昌，光寒北斗；兵鏖湘赣，魂断苍龙。五度围剿，遍地残阳如血；万里长征，千秋竹帛铭功。旗展延安，星辉陕北。洞窑光烁，雄文千古论持久；宝塔日高，巨手一双挥黄钺。平型飞捷，太行浴血；擒狼驱虎，斩妖除孽。斗朔风之萧萧，照旌旗之猎猎。扶大厦之将倾，补苍天之欲裂。欣见武士弓残，金瓯璧合。噫嘘唏！叹外患初消，内忧犹烈。喋血千里，土花皆赤；鏖战三年，白日终匿。红日初升，光涌九域；雄鸡一唱，韵流八荒。兴利除弊，吮血舔伤。剿匪寇于林泽，镇贪反以剑芒。驱豺寇于异域，扬国威于他邦。依经济之规律，循大道之康庄。何期云翳飞来，跃进绮梦高筑；北风劲厉，左魔鳞爪飞扬。方此之时，犹见云腾戈壁，星绕银汉；克定南土，靖晏北疆。穷且益坚，不坠青云高志；水其何曲，终归浩淼汪洋。乃见改革风起，万里鹏飞；开放云涌，九霄凤翥。田涌金浪，天开画幅。花灿教园，光腾文曲。璧还港澳，花放荆莲；奥运梦圆，誉飞寰宇。千秋雪原，奔腾铁龙；三峡大坝，截断云雨。碧宇神舟，飞天八度；天河电脑，全球极速。春天故事，霞蔚云蒸；盛世中华，龙骧虎步。丰碑九秩，立地擎天；治绩六旬，烁今震古。日月丽天，星辰耀目。浩气干云，乳虎啸谷。晓日腾云，国运烝烝；镰锤焕彩，神光煜煜。砺山带河，吾华永固。

【作者简介】

屈杰，男，1968 年生，湖南衡阳县人，大学文化，中华诗词协会会员，中国楹联协会会员，衡阳市诗词协会理事。自幼爱好文学，尤喜诗词歌赋。作品多次在全国性诗词楹联大赛中夺魁，并在刊物上发表诗词楹联作品 200 多首。

三等奖作品

SANDENGJIANG ZUOPIN

诗

七绝·颂党恩讴歌三旬巨变

李俊和

改革潮飞盛世歌，乾坤再造又如何？
果然巨变神州地，春占瀛寰[1]一半多。

【注　　释】

[1]瀛寰：指全世界。

【作者简介】

李俊和，男，1953年2月生，本科学历，高级经济师，现为中国书法家协会会员，中华诗词学会会员，中国楹联学会名誉理事，吉林省楹联家协会副主席、评审委员会主任，中国楹联全国最高奖“梁章钜”奖获得者。出版有《钢笔楷书速成导学》、《李俊和获奖诗联墨迹选》、《勖修堂实用楹联大观》等。

七律·贺中国共产党九十华诞

牛金建

南湖画舫举旗红，九秩春秋舞大风。
剑指雾霾清旧耻，锄挥贫垢露新容。
尽铺天地民生路，布洒山河体恤情。
鹏展乾坤宏远志，众星拱斗映旻明。

【作者简介】

牛金建，男，河南省栾川县人，现住河南省开封市，毕业于河南大学中文系，开封市21中学语文高级教师，河南诗词学会会员。喜爱诗词创作，常有作品在《梁苑诗词》、《郑大诗词》及地方报纸上发表。

七律·建党九十周年寄怀

张 影

赤帜飘扬九秩秋，南湖日月系轻舟。
传灯健笔播星火，蹈海群英汇铁流。
既倒三山功至伟，又营四化诺成筹。
相期再奋耕耘手，荡漾和风畅五洲。

【作者简介】

张影，1973年生于河北永清县，现为河北省太行监狱干部。业余从文，出版诗集《苋园诗简》。系中华诗词学会会员，中国散文学会会员，河北省诗词协会会员，保定市诗词楹联学会副秘书长，保定市国学学会诗词曲研究院副院长。

庆贺建党九十周年（新韵）

李树先

南湖星火照航船，破浪惊开新纪元。
扁担移去三山险，巨手挥成两制安。
好雨知时荣草木，宏猷探月喜婵娟。
昆仑伟业辉千古，犹壮神州万里帆！

【作者简介】

李树先，北京诗词学会副秘书长，《北京诗苑》、《诗词园地》编辑，北京凌云诗社社长，中华诗词学会、中国楹联学会会员，北京华夏诗联书画研究院院士。曾担任《全球华文诗词艺术家大辞典》等十余部诗词典籍编委、副主编（执行主编）。

有感于不折腾

柴廷芳

“不动摇、不懈怠、不折腾”，这三句话是胡锦涛总书记在 2008 年 12 月 28 日纪念党的十一届三中全会召开三十周年大会上讲话中的郑重宣告。今天重读这个讲话，仍感振聋发聩，尤其是“不折腾”三字，更是发人深省。思读之余，慨然而歌。

一言九鼎诺千金，从此神州不折腾。
警世铭言昭日月，和风瑞气振纲绳。
深思往昔相煎苦，应惜当今萁豆凝。
沐浴春晖心激荡，高歌一曲唱邦兴。

【作者简介】

柴廷芳，男，1930年生，浙江省衢州市人，中共党员，中专学历。1949年参加革命工作，曾任中共浙江省建德市委办公室副主任等职。常在全国各地报刊发表诗词、小说、报告文学、论文等，著有长篇小说《玉露情缘》、《柴廷芳诗词选》。系建德市作家协会、诗人协会及浙江省诗词联学会会员。

有　感

项宗西

红岩烈士狱中对党组织留下“保持党组织的纯洁性，防止领导人腐化”等八条嘱托，建党九十周年前夕重读，感慨系之。

华辰九秩忆忠魂，遥向红岩酹一樽。
侠骨留香透青史，诤言泣血染碑痕。
寒梅劲节凌霜雪，皓月冰心绝霭尘。
掩卷扪心思重托，至今字字警诸君。

【作者简介】

项宗西，1947年3月生，浙江乐清人，高级工程师。现任宁夏回族自治区政协主席，宁夏诗词学会总名誉会长、宁夏毛泽东诗词研究会名誉会长、中华诗词学会顾问。长期担任领导职务，业余从事诗词创作。自幼受中华民族传统文化熏陶，对散文、诗词等文学作品有所涉猎，特别对古体诗词较为偏好。先后在《人民日报》、《人民政协报》、《中华诗词》、《诗词月刊》以及宁夏、北京、浙江等地报刊和文学杂志上发表诗词和散文作品。

词

沁园春·“七一”

钱安华

七月神州，嫩水鲜云，丽日翠峰。正平畴沃野，禾涛麦浪；浩波叠岭，鳞踊羽拥。龙舞通衢，鸾鸣曲陌，万户千门意兴浓。迎华诞，看黎民欢乐，万国称觥。

曾经暮气重重，引魑魅魍魉竞逞凶。悲人民涂炭，腥风血雨；文明摧败，禾黍神宫。天欲斯文，降生元恺，玉宇澄清誓为朋。新华夏，现拨云驱雾，如日方中。

【作者简介】

钱安华，字君实，号桃花庄主，1963年生，浙江建德人，系诗人、学者、企业家。自幼喜爱古典文学，尤其在古典诗词方面颇有造诣。多年来笔耕不辍，有诗词作品集《桃花庄偶寄》、《新萌集》。

沁园春·贺中国共产党九十华诞

沈利斌

山又巍巍，国又泱泱，九秩迢迢。忆南湖航启，锤镰旗耀；东方雷动，魑魅魂消。斫去三山，程征万里，碧血斓斑青史昭。开新页，有江天如画，歌韵如潮。

妖氛焉阻清霄？纵风雨飕飕意自豪。看神州改革，领飞经济；金瓯得补，重振风骚。伟业如斯，英贤如许，世博相随奥运娇。新科技，与嫦娥同享，天地同聊。

【作者简介】

沈利斌，1982年生于浙江湖州。2000年开始学习诗词创作，至今已创作诗词千余首，作品发表于《中华诗词》、《中国韵文学刊》、《当代诗词》、《诗词》等诗词刊物，出版有《月影轩诗词》。系中华诗词学会理事，浙江省诗词与楹联学会理事。现供职于浙江经济职业技术学院，为该院兴华诗社副社长兼秘书长。

金缕曲·"七一"感怀

郭绍英

九秩光阴越，忆当年，烽烟四起，乱离时节。家破流离涂炭苦，万里凄风冷月。掠遍了山河残缺。虎踞列强寻战衅，望天涯，满目疮痍结。思国辱，但悲切。

南湖镰斧翻新页。唤工农，燎原火种，几多英烈。浩气长存旗漫卷，装点江川碧血。星斗换丰功铭碣。气象更新迎锦绣，重民生，共筑千秋阙。华夏振，大同崛。

【作者简介】

郭绍英，生于1952年，在“文化大革命”期间，曾赴黑龙江建设兵团务农。1979年返城，后进入党政机关工作。自幼喜好文学，常有文学作品发表。

念奴娇·贺建党九十周年

苏晋卿

曙光万丈，耀南湖，唤起中华英杰。烽火南昌开壮举，旗卷井冈威烈。赤水回师，飞夺泸定，踏碎岷山雪。运筹窑堡，投鞭天堑除孽。

欣喜四海归心，励精图治，举国争飞跃。更有高贤擎大纛，正本清源功赫。开拓兴邦，和平崛起，岂忍金瓯缺。科学发展，看神州施雄略。

【作者简介】

苏晋卿，安徽阳苏氏族史研究会会长，陕西武功苏武研究会会员，国际苏姓书画家协会会员，福建泉州苏氏联谊会副秘书长，福建省南安市老年书画研究会名誉副会长、南安市诗词学会会员。

水调歌头·庆祝建党九十周年

李翠英

德政咸熙古，赤帜漫山川。华厦炎黄鹏翼。庶绩越千年。洗雪百年屈辱，冲破重重追堵，几度挽狂澜。大略雄才涌，锚起复扬帆。

燎原火，飞鸣镝，塔灯燃。九州敷秀，科学权衡发展观。放眼全球博弈，科技创新开路，骏马配雕鞍。展翅扶摇上，举国尽欢颜。

【作者简介】

李翠英，女，1946 年生，中共党员，1964 年参加工作，退休干部。退休后积极钻研古典诗词，为湖南省沅江市诗词协会会员。

八声甘州·巨龙腾飞

国印周

正东风万里展春晖，霞色满神州。看万山苍劲，风鹏高举，五岳同讴。回望先贤无数，热血洒平畴。赢得河山固，九秩春秋。

打造神州特色，更高扬旗帜，共履鸿猷。罢千年赋税，藏富稻粱洲。纵豪情、上天揽月，亮虎威、下海展兜鍪。倾杯处、壮乾坤气，歌动寰球。

【作者简介】

国印周，1945 年 7 月生，河北隆尧人。现为中华诗词学会理事，河北省作家协会会员，河北省散文学会常务理事，邢台市诗词协会副会长兼《百泉诗词》常务副主编，河北省隆尧诗词学会会长。

联

楹联一

刘 敏

九秩卷开新，沪上寻游，看彩带明珠，东海云霞烘日出；

千声诗不老，亭前漫步，读荷香柳色，南湖烟雨荡船来。

【作者简介】

刘敏，男，1972年生。安徽无为人。中国楹联学会会员、中华对联文化研究院研究员。

楹联二

周永红

九十年亦史亦诗，曾记否？播南湖火种，撒遵义光芒，驱赤水波涛，揽延安曙色，冒枪林弹雨，推翻三座大山，扫魔瘴妖氛，践出一条正道，引得百驹竞逐，百舸争流，百鸟互鸣，百花齐放；

亿兆众载歌载舞，且陶然！书锦绣华章，奏辉煌旋律，构和谐愿景，掀发展高潮，承舜日尧风，再拓千秋伟业，继龙骧虎步，复兴四海康衢，迎来万企向荣，万村奔富，万方献瑞，万象更新。

【作者简介】

周永红,1972年生,湖南益阳人。中国楹联学会会员,湖南省楹联家协会会员,长沙市诗人协会会员,长沙市楹联家协会理事,《联海探骊》执行编辑。2008年开始楹联诗词创作,获全国各类楹联诗词奖项200余次,2009年被中南大学楹联研究所推为“湖湘楹联七子”之一。与人合著有《湖湘楹联七子作品集》、《中华实用对联》(待梓)。

楹联三

董海红

人民站起来,生活富起来,城乡美起来,三番开辟新天地;

信念坚如许,宗旨牢如许,风气清如许,九秩称扬铁脊梁。

【作者简介】

董海红,男,42岁。中国楹联协会会员,河北省作家协会、教育学会会员,武邑县诗词楹联学会秘书长,发表散文、诗歌200多篇,参与编著《武罗琐谭》、《乡韵集萃》等著作多部。楹联作品散见于多种报刊,曾在全国获奖70多次。

楹联四

万峥嵘

九十集巨著呈来，天作序、地题跋，慨锤魄镰魂，拍案疾呼“伟大、光荣、正确”；

千万首红歌响起，民引吭、国奏乐，趁月圆花好，举杯畅饮“和谐、美满、幸福”。

【作者简介】

万峥嵘，男，42 岁。中国楹联学会会员，湖北省楹联学会理事。常参与全国各类征联比赛，时有获奖。

楹联五

梁　石

南湖一叶舟，劈波斩浪，谁倾左右？漫漫雄关，茫茫雾夜，一心追北斗。回眸星火燎原，驱赣水寒秋，曙光照遵义，选定英明舵手。西履长征，东渡黄河，在太行山麓，铁血抗倭寇。惊飞大决战硝烟，壮镰斧荣光，叫蒋氏王朝覆灭，摧枯拉朽。最得意，伟人登上天安门，振臂高呼：站起来了！绝死存生者中华民族；

赤县九州地，革故鼎新，党主沉浮。煌煌基业，赫赫丰功，九秩展鸿猷。放眼春潮遍野，摇鹏城翠柳，国色香洛阳，思飘秀美匡庐。绿铺广漠，蓝融申沪，拓宇宙空间，嫦娥绕月球。创立科学观理论，继邓江特色，赞锦涛时代和谐，玉璧金瓯。尤可钦，健将梦圆奥运会，举杯祝福。向前进吧！

扬眉吐气之盛世风流。

【作者简介】

梁石，本名梁拉成。大学文化，国家二级作家，原陕西昔阳县文联主席，现已退休。系中国楹联学会理事，中国毛泽东诗词研究会会员，陕西省作家协会会员，山西省楹联艺术家协会副主席。已在《人民日报》、《诗刊》、《人民文学》、《光明日报》等报刊发表诗词作品500多首。

楹联六

朱海清

南湖启碇，西域飞舟，一路创辉煌，端赖雄才擎大纛；

北极呈祥，东方朗日，九州添锦绣，全凭砥柱立中流。

【作者简介】

朱海清，男，69岁，湖南衡山人，大学文化。中华诗词学会会员，中国楹联学会会员，衡山县诗词楹联学会名誉会长。

赋

砥柱擎天赋

刘青山

中国共产党是中华之砥柱，龙族之脊梁。自她诞生那天起，这个国家和民族就有了曙光，有了希望，直至有了今日的辉煌！

中华之砥柱，龙族之脊梁。凛凛兮鸿猷邃远，猎猎兮赤帜高扬。践行国际主义义务，追求共产主义理想。言惊天地，埋葬旧世界为己任；行泣鬼神，缔造新制度是担当。

中华之砥柱，龙族之脊梁。奉马列求大同倒帝反封，举武装拼独立驱倭灭蒋。前仆后继，乾坤再造拯华夏于灭国灭种；出生入死，山河重整挽民族于将危将亡。

中华之砥柱，龙族之脊梁。走自力更生道路，倡艰苦奋斗风尚。运筹帷幄，领袖鸿勋铸千秋伟业；率先垂范，党员风采谱百代华章。

中华之砥柱，龙族之脊梁。改革开放鼎定国政国策，拨乱反正再申党纪党纲。高瞻远瞩，“科技是生产力”真真确确；深惟重虑，“发展为硬道理”铿铿锵锵。

中华之砥柱，龙族之脊梁。公有体制清疣除弊，私有经济入室登堂。与时俱进，共圆强国梦龙腾虎跃；科学发展，同举和谐业鲲抟鹏翔。

中华之砥柱，龙族之脊梁。“两制”策略洗雪百年耻辱，“三通”举措冰释万民彷徨。谋福祉于两岸，恩泽赫赫；举大业于一统，功绩煌煌。

中华之砥柱，龙族之脊梁。擎巨厦度危机显经济忒稳，抗灾魔安民生彰政治尤强。健儿囊金，襄奥运盛举朋来五环旗下；嫦娥奔月，攀科学高峰我在航天路上。

中华之砥柱，龙族之脊梁。臻盛世富民强兵国承雨露，建小康丰衣足食民沐祥光。忱忱切切，铭鉴党恩赤心一片；亢亢扬扬，恭颂华诞豪情满腔。

【作者简介】

刘青山，1947年生，吉林省东丰县人，军人出身。毕业于中共吉林省委党校函授大专班。现任东丰县老年人体育协会副主席。为中华辞赋社社员、中华辞赋家联合会理事。

长征赋

渠平光

战略突围，铁流浩荡。生命之旅，山高水长。喋血远征，震撼世界的壮举；狂飙万里，坚定无畏的赞歌。“左倾”指挥，“御敌于国门之外”；丢城失地，受困于狭小苏区。集结号响，三军将士别热土；于都河畔，十万百姓泪汪汪。雁阵呜咽，长空一洗；秋风萧瑟，木落鱼藏。

关山重重狼与虎，征程漫漫云和月。甬道开进，纵队辎重拖累；悲壮惨烈，红军血战湘江。转兵贵州，生死攸关。避实就虚，跳出罗网。遵义会议，升起霞光万丈；伟大转折，腾飞浴火凤凰。临危受命，挽狂澜于既倒；天才复出，化凶险为无恙。重兵压境，杀出险地；急流险滩，舵手领航。四方面军，渡嘉陵气势如虹；剑锋西指，顾大局策应中央。土城交兵，青杠坡尸横遍野；背水一战，干部团勇不可当。一渡赤水，暂避锋芒；扎西隐伏，追兵迷惘。二渡赤水，出奇兵远途奔袭；行踪飘忽，抢先机逆敌东向。

破阵猛虎，三军团攻势如潮；杀声震天，破雄关黔军胆丧。杂牌崩溃，嫡系重创；遵义大捷，士气高昂。三渡赤水，虚张声势明修栈道；黔北回旋，乘间蹈隙暗度陈仓。四渡赤水，甩开群狼；动如脱兔，迅猛铿锵。战略轻骑，频出击大造声势；缠身巨蟒，九军团在水一方。借风放火，佯攻直逼贵阳；省城空虚，敌酋调兵遣将。偏师架桥，兵不厌诈；二六军团，策应黔湘，调虎离山，滇军星夜驰援；金蝉脱壳，衔枚疾进他乡。乌蒙磅礴走泥丸，金沙水拍荡双桨。用兵如神，连环造势。高瞻远瞩，战略眼光。铁流后卫，五军团不辱使命；九日血拼，大刀队骁勇异常。歃血为盟，又续仁义之师佳话；篝火良宵，首开民族团结先河。狭路相逢，勇者不惧。绝地死战，热血一腔。开路先锋，一军团斩关夺隘；弹痕累累，硝烟处战旗飘扬。危难时刻，突击队员慷慨请缨；紧急关头，共产党员挺身而上。大渡汹涌，孤舟抢滩，临危杀开生路；涛如狮吼，铁索飞渡，势险赴火蹈汤。古今战争奇观，神惊鬼泣；中外血火传奇，荡气回肠。红旗漫卷，白雪皑皑；风餐露营，野草茫茫。兵锋突转，左路军重返旧路；野心膨胀，张国焘坐大称王。艰苦卓绝，野菜为粮；百折不挠，工农武装。“更喜岷山千里雪，三军过后尽开颜。”山呼海啸，三路劲旅大会师；相拥而泣，百战剩勇喜欲狂。伟大政党，砥柱中流。万众一心，胜利保障。

铁血风采，战场遗迹可证；红色飘带，巨龙盘旋堪称。浴血破重围，气吞山河；铁流二万五，举世无双。壮丽史诗，战争绝唱。红色经典，英雄篇章。“为有牺牲多壮志，敢教日月换新天。”壮哉红土地，伟哉井冈山；出师八万众，凯旋几人还？丰碑无言，长卷如幔。硝烟回望，战地花黄。

纪念碑前，感叹先辈冲天浩气；穿越时空，遥想当年遍地烽烟。弘扬长征精神，重拾信仰；继承光荣传统，再铸辉煌！

【作者简介】

渠平光，就职于贵州省都匀市公安局，当过知青、工人、检察官、警察，中共党员，大专文化。

千字文·毛泽东颂

——献给中国共产党九十华诞

李新锁

盘古开天，揖尊禅让，尧祖羲宗，倏忽过往；
岳奔渎映，虎啸龙骧，吴封楚建，朝更代张。
东方欲白，雄鸡一唱，熠耀穹隆，韶韵山光；
耕读余庆，蔬豆贤良，润之来矣，再铸纲常。

真理探求，南湖缔倡，怒起揭竿，童期叟望；
程兼风雨，背负沧桑，坚信马列，旗卷刀枪。
颖锥才试，炮响南昌，秋收暴动，威振苍莽；
珠联璧合，师聚井冈，嗤鼻围剿，宵遁豺狼。
炽焰燎原，势不可挡，红都帜举，史册彪彰；
弓形剑影，酷暑凛霜，阴霾笼罩，砥柱铿锵。
战略转移，逶迤北上，冰凌沼泽，旷寂蛮荒；
议决遵义，归辙确航，挥戈驱寇，再谱辉煌。
燕太飞镝，黄淮拍浪，同仇敌忾，震愕瀛洋；
族俦夕旦，釜鼎存亡，八年浴血，愈久弥刚。
宝塔高标，柏坡潮涨，三载逐鹿，序统畿疆；
交臂锤镰，终呈大象，共和建国，五宿高扬。
施同置异，政治协商，千畴骏瑞，万域彤祥；
楼头告布，盛事晖章，斗换罡驰，霆激雷荡。
极眺湘岚，岫游梦恍，手足先烈，杨柳轻飏；
命肩伟任，悲忍家殇，牺牲壮毅，瞑目泉邦。

乾坤碧洗，玉宇晶澄，当值豪俊，劳动农工；

三等奖作品

稻菽潋滟，厂矿轰鸣，主席思想，潜沃希声。
艰苦奋斗，自力更生，勤俭节约，多快好省；
舒眉展气，霞漫霓腾，川麓翩跹，亚洲狮醒。
律遵则循，纷纭挈领，瞩瞄欧美，矢誓复兴；
惩贪治腐，毫不徇情，专员伏法，暮鼓晨钟！
笔教课育，良莠爱憎，奉公忘我，裕禄雷锋；
干群鱼水，军地绳缯，荷莲黄紫，芍药赤橙。
氢铀核弹，通讯卫星，油轮递济，电网迅迈；
术艺科技，制造发明，四化蓝图，斑斓憧憬。
抨击强霸，势遏太空，世界划分，匹呼环应；
贫穷孱弱，雀跃箫笙，涯邻知己，荣辱相倾。
职有集权，宅无私栋，棉衣窄袖，淡饭粗觥；
身系中央，心连百姓，亘纪初元，廉标德秉。
丙辰龙岁，巨擘陨崩，涕泼泪洒，凄野哀鸿；
肇基已固，薪火传承，改革开放，华夏昌隆。

橘子洲前，江浮帆远，指点王侯，青衿慧眼；
凭栏倚柱，凝视乡畎，此去云深，崖悬谷陷。
黄洋哨口，壁垒森严，喧嚣狂骤，临阵雅谭；
众志成城，劲挫蛮悍，锦囊妙计，策骑旋鞭。
中南海畔，书斋春暖，薄纸弘辞，境蕴隽繁；
敲杯问盏，批亟阅烦，呷茶咀叶，静悟规端。
清水塘边，睹物伤感，故驻微行，衷肠遥念；
小康温饱，渔乐樵欢，殷实优越，指待何焉？
稻花香里，躬询丰欠，草帽泥巴，缥阳笑脸；
深挖广积，居常备患，梓榆稼穑，灶霁炊烟。
纺织机侧，问暖嘘寒，金梭银线，纬地经天；
创业拓荒，忠忱贡献，六亿神州，捷报频传。

博览群籍，诗精词湛，飒爽英姿，琴肝剑胆；

争鸣齐放，延安座谈，推陈出新，繁荣绚烂。
纵横捭阖，盈辑富卷，笺毫疾迫，为党立言；
妇知孺晓，经典鸿篇，行间字隙，碧露甘甜。
阐述游击，论持久战，兵情将法，左右逢源；
平津淮海，役毕峰巅，棋罢曲终，孙吴版范。
修寻唯物，辩证机缘，进取人伦，务实观念；
顾详审尽，借重先贤，洞悉时运，睿智回澜。
帷幄筹谋，熟盘巧算，文韬武略，根本础垣；
寒门学子，草芥少年，钟灵毓秀，恩泽德宣。
后裔晚亲，慎追谨挽，桥归途续，意撵神牵；
长河落日，漫道雄关，梅魂松骨，犹荐轩辕。

季月蹉跎，景辰荏苒，时又芳菲，萦纡缱绻；
秦皇以鉴，孔圣可诠，功过评说，毋需定谳。

夏侵辛卯，夙夜难眠，赋就笔搁，仙凡路遥……

【作者简介】

李新锁，1957 年生，长期从事党务和行政工作，先后任河北清苑县纪委副书记、档案局局长。出版有诗集《背叛》、《远山·紫丁香》、《云外蝉音》，作品集《李新锁文学作品精选·守望与凝视》。同时有小说《狐殇》、《棺材张》等发表于《荷花淀》、《唐山文学》。

建党九十周年赋

袁瑞良

九十年前，一盏明灯，点于黄浦江畔；九十年前，一面红旗，悬于南湖船内。灯照民族，解放之路；旗指国家，富强之途。自兹而始，砥柱横空，中流击水；由斯而起，暗夜微明，晨曦初露；漫漫长夜，光明驱之黑暗；重重铁幕，民主逐之独裁；仁人志士，为之洒血捐躯；前驱先烈，为之抛颅断臂——

九十年兮，征途坎坷，道路崎岖。由合作北伐，到南昌起义；由长征万里，到陕北会师；由"西安事变"，到"重庆谈判"；由南京解放，到北京奠基；由"庐山会议"，到"动乱终止"；由"三中全会"，到改革开放；由小平理论，到"三个代表"；由科学发展，到和谐社会。时而高峰，时而低谷；时而笔直，时而弯曲；时而滩险流急，时而路转峰回；时而扼腕长叹，时而高歌几曲！途虽坎坷兮，探索不止；路虽崎岖兮，攀登不息！

九十年兮，刀光剑影，腥风血雨。黄浦江畔，血流成河；五羊城里，尸横如脊；井冈山前，强敌如林；湘江岸边，弹飞如雨；泸定桥上，狂涛索命；娄山关下，枪炮夺魂；雪山冰寒，冻骨僵身；草地陷阱，吸血噬人；长城内外，血染战袍；大江南北，尸裹征衣；血与火兮，戈与戟；刀与剑兮，生与死；强与暴兮，威与逼；强而不畏兮，暴而不屈；死而不惜兮，亡而不惧！

九十年兮，前仆后继，矢志不渝。由李大钊，到何叔衡；由蔡和森，到向警予；由方志敏，到瞿秋白；由恽代英，到张太雷；由毛泽东一家，到许光达一门；由贺龙一族，到工农一群；倒下一个，站起十人；杀之一百，继之万民；命亡身死兮，不改其志；断头折颈兮，不馁其气；虽九死而不悔兮，宁十亡而不移！

九十年兮，革故鼎新，兴利除弊。革之封建专制，除之弊政旧体；革之"左思""右患"，除之僵体滞机；倡之科学民主，兴之选举法治；倡之科学发展，兴之和谐社会；新旧之前，敢于扬弃；顺逆之际，勇于进退；正误之内，善于调适；因之而有兮，常胜之局；由之而立兮，不败之地！

九十年兮，功垂青史，勋耀天地。逐之帝国主义，驱之封建残余；止之军阀混战，除之民生凋敝；使之耕有其田，令之工有其具；行之居有其屋，教之学有其艺；民获之尊严，人获之权益；族获之复兴，不再受辱；国获之崛起，不复遭欺；发展之快兮，古今堪比；成就之巨兮，中外称奇！

九十年，倏忽一瞬；九十年，转眼而逝；九十年，已成过去；九十年，又是未来；九十年，续写盛世兮；九十年，定有华章！

【作者简介】

袁瑞良，满族，国家一级作家。1976 年毕业于河北大学中文系。现任南通市政协副主席。《中华辞赋》杂志社编委会委员。著有《中华人民共和国选举制度》、《中国人民代表大会制度形成发展史》、《晚年叶飞》、《南通游记》、《阅江楼赋》、《十赋黄山》、《十问黄河》、《十叹长江》、《十望长城》等。

为党九十华诞赋

钟文武

六朝故地，九州新府。界纳寰宇，天似穹庐。腾紫气而清风起，露太白而霞光出。钟灵毓秀，得造化之神奇；物换星移，盖先人之伟作。神州锦绣，万类呈祥。广开国门，喜迎八方之客；大摆琼宴，善尽东主之仪。

时年辛卯，岁至耄耋。叹乾坤之巨变，喜今朝之隆盛。修德怀柔，开圣听而广言路；政通人和，谐社会而顺民心。贯通南北，连京九之血脉；横亘青藏，架天路之奇功。襄盛典，汇群英于奥运；展风华，聚四海于博览。神舟有梦，乘东风而冲牛斗；嫦娥无悔，偷灵药而升月宫。紫荆花开，吐艳十年而愈盛；日月潭深，望乡夙夜而思归。彩石碎，天柱折，河川易道，山原崩坍。千里驰援，驾曲舟而破泥淖；运筹帷幄，越险川而降神兵。玉树回春，闻蝶舞之萦回；汶水复流，望北雁之南归。此治世长歌，得天地之殊遇；雄州凯乐，展中华之威仪。

登五岳，临三江。访先贤于故里，闻旧事于丹青。望紫城日下，国运艰辛。满清衰而百姓苦，列强霸而军阀乱。寻正道于苏俄，得真理于马列。有识之士顿悟，奔走疾呼；四方之才聚首，冒死敢言。七月廿三，会盟申沪。开华夏之天地，扫六合之荒蛮。奋袂苦斗，响南昌之首枪；红旗漫卷，起湘赣之秋收。独辟蹊径，守农村而围城市；力战疲敌，退蒋兵而反围攻。十年未稳，倭寇卷土。稳立潮头，解西安之危急；共赴国难，统全国之战线。叹豪杰，尽国忠而身先死；缅英烈，洒赤血而染河山。日寇既灭，硝烟再起。风卷残云，擒纸虎以破妄念；摧枯拉朽，斩苍龙以定中原。云消雨霁，江山迤逦。东方初亮，睡狮方醒。红旗与旭日同升，鳞光共流霞天成。春蚕化蝶，尽蚕丝而作蛹；凤凰涅槃，浴烈火而重生。

嗟乎，感怀彼时，命途多舛。汉唐宫阙，埋没尘烟。兴亡之数，岂在天意？长治久安，当在此时。所赖民为国本，政为民先。兴民主，行法治，施仁德，育万民。谨庠序之教，申荣耻之义。承天载物，泽众生而匡社稷；吐故纳新，革旧制创新篇。

吾，三尺微命，一介书生。携笔从戎，胸怀报国之志；挑灯看剑，常怀安危之思。敢效南塘，愿为荡平海波；可叹班超，何须生入玉门。北溟之鲲，破风浪而翔浅底；高崖之鹏，抟扶摇而击长空。九十耄耋，谈笑间白驹过隙；风云激荡，再回首往事如烟。心怀炽热，敢遣草字，枉成拙文，以庆华诞耳！

【作者简介】

钟文武，男，1990 年 5 月生，现就读于山东烟台某大学。

立党九秩赋(并序)(新韵)

梁　佩

时维辛卯,党立九秩焉。虽余居之卑陋,亦时念国之欣荣。况庙堂之高,情溢于典;江湖之远,恩感其炎。其赋曰:

辛亥风云,一夕驱除帝制;书生运动,千秋成就党团。大道从微,仓促游船立命;星焰不灭,俄而火势燎原。伐罪吊民,誓生死不相背负;征南战北,挥斧镰以换宇寰。洒血抛颅,毕克艰以兴国;鼎新革故,终博誉而欢颜。

若夫楼厦起云霄之畔,巷街连车骑之喧。华灯逊烟霞之梦,盛宴谗洞府之仙。百业俱兴,愈视农桑为本;万民同裕,益彰公正优先。招引商资,当赖集中用地;消除贫困,犹需计划攻坚。上下一心,工农一体,顾民生而不急利,孚众智而不拒贤。读史矜豪,逾四海声名重;扬鞭奋起,看九州风貌妍。建党开宗,盛典盛情熠熠;富民强国,赤心赤子拳拳。

【作者简介】

梁佩,男,1975 年生,江苏省常州市人。中国辞赋家协会会员,常州诗词协会、诗社会员。有《黄河鼎铭》、《溧阳赋》,散文《认领》、《秋山白水颂英雄》、《我运动,我快乐》获得等级奖。另有骈赋《华山赋》、《馨泽苑赋》、《祈福赋》、《寸晖亭赋》、《舣舟亭赋》等。

优秀奖作品

YOUXIUJIANG ZUOPIN

诗

七律·颂中国共产党九旬华诞

蔡从成

（一）

锤镰沪浙黄金铸，钤印红旗夜放光。
九秩风刨难蚀柄，百年雪耻更兴邦。
降妖除怪新天靖，国富民丰盛世长。
高屋建瓴谋伟业，雄鸡屹立傲东方。

（二）

九秩丹青伴画舫，南湖烟雨著华章。
龙腾缉扫妖魔怪，狮舞横挥虎豹狼。
旗帜鲜红辉日月，锤镰永灿耀城乡。
目标解放全人类，立党为民享小康。

【作者简介】

蔡从成，男，1959年生，中共党员，大学文化。系安徽省庐江县砖桥中学教师，安徽省诗书画协会会员。近年来，多次参加全国诗词、楹联赛事，曾屡获等级、优秀、入围奖。

纪念中国共产党建党九十周年(古风)

陈乐秋

九十周年党旗飘,引领先风立头潮。
凝聚中华图奋进,力挽狂澜涉险礁。
当年红船灯一盏,神州光耀看今朝。
回望硝烟生百感,迈步新程气正豪。

【作者简介】

陈乐秋,江西省赣州市人,大学本科学历。长期在党政机关工作,现任赣州市机关事务管理局副调研员。中国作家协会会员,中华诗词学会会员,江西省诗词学会会员,江西省楹联学会会员,赣州市作家协会会员、书法家协会会员、苏区精神研究会会员,赣南客家联谊会会员,赣南诗词楹联学会副会长兼秘书长。

七律·用元人刘梦吉原韵,为我党九十华诞放歌

冯国喜

漫道神州总被攻,金鸡[1]三唱起群雄。
江西朗咏西江月,上海先吹海上风。
国共并肩驱日寇,陆台一统冀全功。
煌煌九秩开新纪,天地无私颂大公。

【注　　释】

[1]金鸡,1921 年岁次辛酉,按传统说法,辛属金,酉属鸡,故曰金鸡。

【作者简介】

冯国喜,男,1951 年生,湖南省祁阳县人。1968 年入伍,转业后历任乡党委副书记、乡长、县文联主席。系中华诗词学会会员,曾屡获全国和省等级奖项。诗词、楹联各地已镌用上百首(副)。

纪念中国共产党成立九十周年

李行敏

（一）

南湖烟雨孕雄风,卧虎藏龙画舫中。
救国拯民心耀日,舍生忘死气吞虹。
饱经磨难驱强敌,遍历艰辛建大功。
起舞中宵星斗换,醒狮长吼震西东。

（二）

神州巨变史无前,日月新天改革年。
力挽狂澜怀巨擘,共襄盛举仰群贤。
周天时雨千山绿,大地春风百卉妍。
展望明天尤美好,激流勇进更争先!

（三）

喜迎华诞举金杯,四海讴歌声似雷。
继往开来成大业,富民强国展雄才。
锤镰霄汉人皆仰,砥柱中流谁可摧!

前景辉煌呈锦绣，只争朝夕莫徘徊。

【作者简介】

李行敏，男，1945 年 10 月生，湖南平江人，中共党员。历任空军航空兵独立运输团政委、军区空司直政部副主任。转业后，历任江苏省政协人事处处长、纪检组组长。现为中华诗词学会会员，中国楹联学会理事，江苏省楹联研究会副会长兼《江苏楹联》主编。编著出版有《古今军事楹联选注》、《古今诗文模仿秀》、《芳润斋吟草》。

七律·建党九十周年颂

孙建章

惊雷望志雨南湖，星火井冈耀朔途。
猎猎悬旌迎寇战，滔滔血浪荡浊污。
沃霖畿岳远横翠，云厦绮罗更密如。
匡益沓集浑灏气，和谐顺动续贻福。

【作者简介】

孙建章，1956 年生，1973 年参加工作，现任山东省文艺创作研究室常务副主任、研究馆员。先后在解放军报和《前卫文艺》等军内报刊发表诗歌和词曲作品 20 余篇。先后发表电视新闻稿件 200 余篇，电视专题片 80 余部和多部电视剧，其拍摄的部分电视专题片获得全国广播电视教育片一等奖。另外，并先后组织编撰出版了《新世纪文艺散论》、《新时期文艺点击》论文集和《艺术之旅》文集等。

五律·献给党的九十华诞

唐主华

霹雳起南湖，神州梦始苏。
穹苍犹染墨，星火亦含荼。
碧聚先驱血，霜凌老帅须。
重温创业史，挥笔续宏图。

【作者简介】

唐主华，男，1950 年 3 月生。毕业于福建师范大学唐宋文学专业，获文学硕士学位。1985 年起先后在中共福建省委办公厅、福建省人民政府外事办公室工作。爱好文学，尤喜古诗词，时有诗词、散文作品在福建报刊发表。

五言诗·纵横天地间

王新生

恢弘华夏史，沧桑几千年。经岁燃战火，何时灭狼烟？
赤县升红日，九州见苍玄。名称共产党，工农做中坚。
热血酬壮志，星火成燎原。共和司天下，人民握政权。
雄心怀社稷，妙手绘江山。六十冬夏过，甲子春满园。
放眼千秋业，回眸三十年。改革结硕果，开放谱新篇。
民富千家乐，国强万众欢。收回香港岛，拥抱澳门湾。
双赢三通畅，两岸一脉连。嫦娥奔明月，神舟巡昊天。

百年奥运梦,一朝北京圆。承办世博会,誉载上海滩。
和谐四海享,文明五洲传。盛会逢盛典,凯歌唱凯旋。
巨龙腾飞日,民族有尊严。躬身扶弱势,昂首对强权。
天塌何所惧,地裂若等闲。同舟共风雨,合力挽狂澜。
阔步康庄道,纵横天地间。跟定共产党,一往更无前!

【作者简介】

王新生,河北省河北梆子剧院副院长,国家一级编剧,中国戏剧家协会会员。代表作有大型舞台剧剧本《浣纱女》、《安提戈涅》、《杏妹与憨哥》、《我想种太阳》;小戏剧本《同心圆》、《贼与孩子》;曲艺作品《还军装》、《寻找受伤的叔叔》、《遗书劝夫》等。多次荣获国家级和省级奖项。

党旗颂

徐　旭

神州锦帜高高扬,金色锤镰灿灿煌。
赤焰灼成红日艳,血脉凝就五丰香。
雄风烈烈扫强寇,豪气威威舞旭阳。
挺起中华刚劲骨,祥光初照五洲芳。

【作者简介】

徐旭,女,1967年生。1983年参加工作,曾在西湾中学、昭潭中学任教,现在中共安徽省东至县委党校工作。热爱文学,曾在省、市级报刊上发表过歌词、诗歌、散文、论文等;现为安徽省作家协会会员,中国民间文艺家协会(安徽分会)会员,尧舜文学会常务理事。

七律·中国共产党九十华诞感赋(新声韵)

许东航

南湖一帜树人间,九秩征程岂等闲。
马列经天新日月,工农立地坐江山。
辉煌国计书青史,富丽民生入画栏。
无限风光堪仰止,大同世界挂征帆。

【作者简介】

许东航,男,1943 年生。毕业于沈阳师范大学,终生从事教育工作。系中国楹联艺术研究院研究员,中华诗词艺术研究院研究员,北京华夏诗联书画院院士,北京《中国诗词》顾问。诗联作品曾多次在全国大奖赛中获各类等级奖。

谨以此文献给建党九十周年

薛生明

夷辱百秋悲禹园,镰锤九秩辟尧天。
前驱未竟强国梦,后俊功圆改革年。
养晦韬光开盛世,厉兵秣马壮轩辕。
揽星探海执牛耳,笑对危机挽巨澜。

【作者简介】

薛生明,1945 年生,初中文化,退休工人。1997 年在陕西省渭南老年大学学习新韵诗词，作品多次在全国大赛中获奖。有《枫叶集》、《枫叶续吟》。

耄耋情怀 建党九十周年感赋

叶鸿玑

耄耋之年盈，鬓霜眼更明。红旗擎巨手，雨露润苍生。
辟径攀崇岭，踏波送晚晴。国人增福寿，难忘党恩泓。

改革蕴新枝，春融乐自知。文豪频舞墨，骚客谱新词。
祖国江河变，中华腾跃驰。富强寰宇震，共享天伦时。

高楼惊崛起，阔路叹飞驰。欢愉情难尽，和谐乐不支。
东风凭借力，霞彩见晨曦。醉梦生花笔，高吟如意诗。

【作者简介】

叶鸿玑，1934年7月生，汉族，山东青州市人，高级工程师，1995年离休。离休后酷爱习作格律诗词，在专业诗刊上多有发表。出版个人诗文集《峥嵘集》、《劲草集》、《诗苑理论文选》。现为中华诗词学会会员，济南明湖诗词学会顾问、苏东坡诗书画院理事。

中国共产党九十华诞放歌三首

张少林

（一）

勇武神威震九州，歌潮花海共凝眸。
银鹰吐蕊红装俊，铁甲生辉劲旅遒。
构建和谐人为本，复兴伟业水催舟。
乘风破浪天行健，万里河山紫气浮。

（二）

倚栏把酒仰冰轮，顿觉清流溢满身。
不问青天年几度，唯期沃野草如茵。
长空应喜疏星鉴，规律能求大道伸。
自古贤良忧国是，嫦娥织女两相邻。

（三）

茫茫路漫五千年，世纪高扬崛起篇。
雪患震灾双祸去，飞天奥运寸心捐。
全球笼罩危机景，华夏荣撑奋进篇。
更有风帆催远道，雄姿傲立万花前。

【作者简介】

张少林，中国诗歌学会会员，中华诗词学会会员，湖北省作家协会会员，武汉市文联委员，武汉市洪山区作协主席。著有现代诗集《陌路踏歌》、诗词集《半勺集》。

七律·虎跃龙腾九十年(平水韵)

韩崇文

开天辟地著鸿篇,虎跃龙腾九十年。
拓宇锤镰千钧重,斗魔将士万分坚。
风风雨雨填沧海,水水山山铸美田。
改革华章驱雾霭,和谐乐曲舞翩跹。

【作者简介】

韩崇文,男,1937 年生,汉族,山西大同市人。中国楹联学会会员,中华诗词文化研究所研究员,中华对联文化研究院研究员。著有《韩崇文联话》。

七律·辉煌九十年

谢正发

神州几度阅沧桑,最喜今朝天日长。
迈步迎新开伟业,钩沉兴废去瑕荒。
遵崇科学颁金令,促进和谐缀华章。
改革趋深更发奋,图强民富盛而昌。

【作者简介】

谢正发,贵州省威宁县人,现任贵州省毕节地区关心下一代工作委员会副主任、毕节地区诗词楹联学会会长和贵州省诗词楹联学会常务理事。

先后发表诗作1000余首、各类文章500余篇，出版个人专著4部共约160万字，编撰中共党史研究丛书20余部共900余万字，主编《毕节党史研究》季刊60余期计1200余万字。

贺中国共产党九十华诞

高新平

历经战乱九州悲，云涌南湖涛浪摧。
京汉罢工民奋进，南昌起义士英威。
睡狮猛醒东方亮，鹏鸟高飞华夏魁。
举世惊奇呼巨变，红旗猎猎舞晨辉。

【作者简介】

高新平，女，笔名韩梅，河南省平顶山市人。大学文化，从事企业管理工作。中华诗词学会会员，河南省诗词学会常务理事，河南省作家协会会员，平顶山市诗词协会副主席，《鹰城》杂志副总编。出版有长篇小说《胡杨树》、诗词集《梅影》。

荷花赞

姚 平

荷花盛绽几多时，历雨经风已九秩。
碧叶扶苏葩叠锦，青茎挺拔藕含丝。
根深泥沃凭科学，籽实光充赖措施。
七月和谐多暖意，亭亭玉立小康姿！

【作者简介】

姚平,1932年生,江西兴国人。1951年参军,毕业于南京空军政治学校。空军师职干部。曾任陕西诗词学会秘书长。系世界汉诗协会常务理事兼陕西联合会会长、辞赋委员会副主任,全球汉诗学会常务理事兼陕西联络处主任,中华辞赋家联合会副理事长,《中华辞赋报》副总顾问,中华诗词学会、中国楹联学会、陕西省作家协会会员,雁塔诗词学会名誉会长,《雁塔之声》主编。入典70余部。

党旗颂

龙益飞

升腾烈火唤工农,理想入怀风雨中。
正义为经卷大地,光明作纬舞长空。
太阳辉映新颜美,热血魂依亮色红。
旗展未来光世界,神州万里尽英雄!

【作者简介】

龙益飞,男,苗族。贵州省文艺评论家协会会员。1970年开始发表文艺作品,至今发表文章数百万字。先后有数十篇诗词、散文、小说、报告文学、文艺评论、歌曲获奖。

七律·贺党九十寿

刘庆斌

明月春风九十秋，儿牵娘手泪花流。
南湖啼破东方曙，赣水梦回吴地钩。
尽扫狼烟滋后土，遍栽棠棣解民忧。
环球同此热凉日，再颂高堂万福楼。

【作者简介】

刘庆斌，男，1948 年 9 月生，汉族，中共党员，高级政工师，毕业于河北师范大学中文系，现为河北省邯郸市中道实业有限公司《中道商情》主编，邯郸市诗词楹联协会会员。

七律·纪念建党九十周年

张　扬

旷世丰碑九十年，辉煌功业满人间。
枪林弹雨英雄志，战地硝烟赤县天。
党引坦途前景美，民奔富路信心坚。
和谐康乐兴华夏，奋发山河溢笑颜。

七律·忆先驱

崔金銮

瑶酒诗杯对月歌，东方红曲唱天河。
群星阵里英灵笑，五岳图中特色多。
碧水红船流韵远，硝烟弹雨化风和。
江山九秩镰锤舞，圣哲千秋海岱峨。

【作者简介】

崔金銮，男，山西临汾浮山人，大专毕业。中国楹联学会会员，临汾市楹联学会理事，临汾市诗书画院理事。

七绝·颂党

李天龙

党育英贤九秩功，丰碑建树业腾鸿。
奇勋硕绩惊寰宇，聚力凝心促复兴。

【作者简介】

李天龙，辽宁喀左人。辽宁省朝阳市政协常委、喀左蒙古族自治县政协主席。中国楹联学会会员，中华对联文化研究院研究员，北京华夏诗联书画院院士，中国管理学院研究员。

颂党·改革开放结硕果

马育英

九旬寒暑撞春滋，百姓欢欣世纪诗。
天启炎黄瑰丽运，地含华夏复兴辞。
五洲瞩目繁荣景，四海讴歌盛世姿。
党是朝阳播大地，人民福祉映春斯。

【作者简介】

马育英，女，1956年生，在职本科学历。现为山西省大同市诗词学会会员，山西省诗词学会会员，山西省诗词学会杏花诗社会员。常有诗作发表。

七律·纪念中国共产党成立九十周年

张汉青

风雷激荡日升东，道义铁肩喻古松。
赤胆忠心除腐恶，坚贞不屈闯刀丛。
五星闪耀山河美，执政为民赫赫功。
不敢忘忧思载覆[1]，长持淬砺护旗红。

【注　　释】

[1]唐代魏徵《谏太宗十思疏》："怨不在大，可畏惟人。载舟覆舟，所宜深慎。"民犹水也，水可载舟，亦可覆舟，可畏之基也。

【作者简介】

张汉青,1931 年生,广东揭阳人,1950 年入党。历任中共中央中南局办公厅、中共中央办公厅秘书,南方日报社党委副书记、副总编辑;广东省委副秘书长、政策研究室主任、办公厅主任;广州市委副书记、市委党校校长,市政协主席、党组书记;广东省人大常委会副主任、党组成员。现任广东省人大制度研究会会长,广东省精神文明学会会长,中华诗词学会顾问,岭南诗社社长,广东省老干部诗书画摄影研究会名誉会长。

五律·建党九十周年感怀

谢　毅

关河藏碧血,回首忆艰辛。
播火燎原路,擎旗拓梦人。
九州铺锦绣,几代展经纶。
砥砺锤镰灿,深情永系民。

【作者简介】

谢毅,中国楹联学会理事,辽宁省本溪市楹联学会会长。

七律·建党九十年

张　凯

曾伤百年我神州,竟无寸土立寰球。
千秋功罪漫平议,谁挽狂澜出巨手?

复兴路上勇开拓，和谐曲中巧运筹。

华诞何须把酒贺，且擎红旗立潮头。

【作者简介】

张凯，毕业于河南大学文学院汉语言文学系，以文为生。

日出东方

——献给伟大的中国共产党九十华诞

王彦增

中国共产党自1921年成立始，为主义争地位，为黎民谋幸福，为民族辟坦途，浴血奋斗三十年，独立、自由、民主之共和国方卓然屹立于世界东方，诚乃世界史上堪椽笔重描之大事件。立国后，我党与人民休戚与共，御外患，解内忧，固国本，图强盛，堪堪又逾六十年。九十载风云，我党之主义披沙拣金，光被四宇；九十载精进，我党之事业日新又新，根深叶盛；九十载图强，我党与亿万人民同呼吸、共甘苦，而有今日强盛大国、民族复兴之伟业，斯中华民族之幸事，亿万民众之幸事也。念兹回首，感慨万端，情涌笔底，权贺寿诞。

（一）

鸦片战火起硝烟，苦难中国民倒悬。

救亡图存路何在，几多求索意未阑。

十月革命炮声响，五四运动烈火燃。

马列工运相结合，嘉兴南湖启航船。

开天辟地共产党，晓日初升照宇寰。

（二）

军阀割据战未休，生灵涂炭草含愁。

国共携手求合作，挥师北伐意同俦。
工农运动如荼火，岂料蒋汪布毒谋[1]。
屠刀起处血河汩，革命成果付东流。

（三）

云暗长天风骤起，工农运动势危急。
八七汉口图良策[2]，武装反抗擎战旗。
井冈星火辟新路，遵义会议铸宏基。
北上抗日拯危亡，铁流二万五千里。
西安事变巧推动，全面抗战终有期。

（四）

卢沟炮火裂云霄，吴淞烽烟锁廊桥。
倭寇烧杀绝人性，天良殆尽不可饶。
五次谈判[3]终携手，同仇抗日卷狂飙。
平型大捷八路勇，三大会战[4]国军豪。
百团大战丧敌胆，游击战争缚虬蛟。
皖南雪藏千秋恨[5]，芦荡火种漫天烧。
创建敌后根据地，砥柱中流镇波涛。
浴血奋战八年整，笑看东瀛解佩刀[6]。

（五）

抗战胜利喜气扬，独夫老蒋费思量。
双十[7]用来遮耳目，内战方是真主张。
和平民主非所欲，以谈掩打备战忙。
撕毁协定并协议，陈兵欲灭共产党。
人民何畏纸老虎，三军配合两翼强[8]。
土地改革谙人心，三查三整[9]强保障。
三大战役[10]定天下，雄师百万过大江。
蒋家王朝惶惶日，地覆天翻慨而慷。

（六）

雄鸡一唱东方红，天地新开舞巨龙。
消灭武装扫残匪，恢复生产促繁荣。
抗美援朝卫家国，一五三改[11]气恢宏。
捷报频飞传佳讯，超越百年万夫雄[12]。
两大制度[13]惊天地，崭新社会花千重。

（七）

经济建设模式多，苏联经验几参酌。
八大指引新航向，骤然平地起风波[14]。
国民经济大调整，危机消弭再腾踔。
工交农教齐发展，医药卫生亦蓬勃。
人工合成胰岛素[15]，两弹一星震群魔[16]。
艰辛探索曲折路，成绩主导任评说。

（八）

十年内乱实可哀，历尽劫波国运衰。
反党集团[17]终覆灭，东风万里扫阴霾。
三中全会澄新宇，拨乱反正拂尘埃。
重点建设现代化，山海欢颜民畅怀。
四项原则国之本，八字方针[18]金字牌。
经济调整创佳绩，改革开放潮信来。
工农生产齐跃进，人民生活上层台。
和平统一新举措，外交破冰[19]晓色开。

（九）

两要[20]犹如指航灯，特色道路任纵横。
三大任务[21]不动摇，四化建设启新程。
经济改革大潮涌，对外开放格局成。
高研计划结硕果，核能利用攀高峰。

风云变幻何足惧，稳定中国正飞腾。

（十）

春风又绿江南岸[22]，解放思想先着鞭。
集中精力谋发展，改革开放再扬帆。
小平理论无价宝，三个代表续新篇。
一国两制迎港澳，反对台独义凛然。
九八抗洪恸天地，开发西部为民安。
顺应经济全球化，加入世贸喜空前。
把握机遇应挑战，党建工程坚如磐[23]。

（十一）

小康社会目标宏，全党动手共协同。
能力建设[24]作保证，科学发展一脉通。
转变方式求突破，社会和谐国运隆。
西气东输兴国梦，吉祥天路酒一觥。
税负取消民称颂，筑坝三峡百代功。
高效救灾世人叹，奥运世博唱大风。
神七飞天国威壮，南水北调歌正浓。
克服艰难战险阻，锦绣中华势如虹[25]。

（十二）

波澜壮阔九十年，伟绩丰功可昭天。
前事之师终须鉴，莫教血泪化云烟。
特色道路是根本[26]，执政为民重如山。
改革开放宏业俊，与时俱进天地宽。
喜看神州九万里，红日凌空正炎炎。

【注　释】

[1]布毒谋，指蒋介石、汪精卫等密谋策划制造“四·一二”政变和

"七·一五"事变。

[2]八七汉口,指1927年8月7日,中共中央在汉口召开紧急会议,纠正党在大革命后期的右倾错误,确立了土地革命和武装起义的正确方针,史称"八七会议"。

[3]五次谈判,指全民族抗日战争开始后,中共代表就合作抗日改编红军等问题同蒋介石先后进行了五次谈判。

[4]三大会战,指抗日初期,国民党先后组织了淞沪会战、徐州会战、武汉会战。

[5]皖南雪藏千秋恨,1941年1月,国民党顽固派在皖南地区包围和袭击我新四军军部和部队,新四军大部壮烈牺牲,军长叶挺与对方谈判被扣,副军长项英在突围中遇难,这就是震惊中外的"皖南事变"。

[6]笑看东瀛解佩刀,指1945年9月9日,日本驻中国侵略军总司令冈村宁次代表日本大本营在投降书上签字,并交出他的随身佩刀,以表示侵华日军正式向中国缴械投降。

[7]双十,指国共双方1945年10月10日签署的《政府与中共代表会谈纪要》,史称"双十协定"。

[8]三军配合两翼强,指人民解放军在转入战略进攻阶段形成的三军配合、两翼牵制的作战态势。

[9]三查三整,指1947年我党针对一些党组织思想、作风和组织不纯的问题,在解放区开展的查阶级、查思想、查作风和整顿组织、整顿思想、整顿作风为内容的整党运动。

[10]三大战役,指辽沈战役、淮海战役、平津战役。

[11]一五三改,"一五"指新中国的第一个五年建设计划,"三改"指对农业、手工业和资本主义工商业的社会主义改造。

[12]超越百年万夫雄,"一五"期间,在共产党的领导下,全国亿万人民齐心协力,工业建设和生产所取得的成就远远超过了旧中国的一百年。

[13]两大制度,指建立的社会主义基本政治制度和社会主义基本经济制度,标志着中国进入社会主义社会。

[14]平地起风波,指国家遭受的严重自然灾害,苏联专家撤离,帝国主义国家对中国实行经济封锁,以及党内出现的共产风、浮夸风、高指标

和瞎指挥等“左”的错误造成的困难局面。

[15]人工合成胰岛素,1965年9月17日我国完成了牛胰岛素的全合成,这是世界上第一次人工合成蛋白质,为人类认识生命、揭开生命奥秘迈出了可喜的一大步。

[16]两弹一星震群魔,1964年10月16日,我国成功爆炸第一颗原子弹,有力地打破了超级大国的核垄断和核讹诈,提高了我国的国际地位。导弹和人造卫星的研制也取得了突破性进展。

[17]反党集团,指林彪集团和江青反革命集团。

[18]八字方针,指1979年4月,由陈云和李先念提议并经中共中央工作会议正式通过的对国民经济实行“调整、改革、整顿、提高”的八字方针,历时三年调整,实现了财政和信贷收支平衡,保证了国民经济稳定、健康发展。

[19]外交破冰,指1979年4月,中美两国正式建立外交关系,1978年8月,中日两国签署《中日和平友好条约》,以此为标志,中国与美日外交关系发生了新变化。

[20]两要,指中国共产党第十二次代表大会上邓小平提出的“中国的事情要按照中国的情况来办,要依靠中国人民自己的力量来办”的重要思想。

[21]三大任务,指中国共产党第十二次代表大会上邓小平提出的党在20世纪80年代的三大任务,即加紧社会主义现代化建设,争取实现包括台湾在内的祖国统一,反对霸权主义、维护世界和平。

[22]春风又绿江南岸,指1992年春,邓小平视察南方,发表重要谈话,极大鼓舞了全国各族人民坚持党在社会主义初级阶段基本路线的信心,对加快改革开放和现代化建设步伐起了巨大的推动作用,被称为又一个解放思想、实事求是的“宣言书”。

[23]党建工程坚如磐,指党的十四届四中全会提出的党的建设的“新的伟大工程”。

[24]能力建设,指党的十六大首次提出的加强党的执政能力建设的命题。党的十六届四中全会通过《中共中央关于加强党的执政能力建设的决定》。

[25]锦绣中华势如虹，在中国共产党的领导下，经济快速发展，社会和谐稳定，国际地位显著提升，已成为世界第二大经济体，中华民族在伟大复兴的道路上意气风发，昂首前行。

[26]特色道路是根本，指胡锦涛在党的十七大报告中指出，改革开放以来我们取得一切成绩和进步的根本原因，归结起来就是开辟了中国特色社会主义道路，形成了中国特色社会主义理论体系。

【作者简介】

王彦增，男，满族，1953年7月生。中国诗歌学会会员，吉林省书法家协会会员。现任中共吉林市委宣传部副部长。公务之余，先后创作古体诗、词、曲数百首。在国家、省级权威专业报刊发表作品50余首；有《彦增诗词与赏析》等多部著作问世。

七律·中国共产党九十华诞颂

吴志希

党庆欣逢九十年，天翻地覆史无前。
灯塔长明勋功铸，红旗高举伟业传。
世泰时和呈绚彩，国强民富谱新篇。
艰苦卓绝长征路，继往开来砥柱坚。

庆祝共产党成立九十周年天安门感怀

腾建希

步上天安忆逝年，城楼几过帝王烟。

萧墙祸起云头黑，寇敌兵临社稷悬。
幸有先贤寻马列，何愁星火漫尧天。
镰锤一举乾坤易，世纪重开景象鲜。
代代英雄能接力，煌煌大业更著鞭。
卧薪但为谋强国，破斧终将革旧篇。
骏骥千骑驰宇内，健儿十亿弄潮巅。
河山锦绣扬歌舞，政运升平动管弦。
宴乐还当思蜀地，忘羞自应耻刘禅。
江南塞北春风暖，休困芳菲醉里眠。

【作者简介】

腾建希，男，63岁，四川省射洪县人，退休职工。偶将闲情寄笔端。

百岁入党歌

李兴河

童年鞭影血痕深，烽火支前炼赤心。
百岁几番风雨度，人间最是党恩亲。
心融红日明天地，面向党旗泪满襟。
松翠云山情未老，梅花依旧报新春。

【作者简介】

李兴河，山东省临沂市地方史志办公室原党组书记、主任、总编。

词

沁园春·兴我神州

——庆党九十华诞

陈　池

星火幽幽，子夜徘徊，欲照九州。举红船旗帜，赤心燃透；栉风沐雨，沧海行舟。井冈挥鞭，长缨在手，缚虎降龙清患忧。为华夏，唤精卫填海，改了春秋。

寰球浪涌潮催，引帆竞发逐鹿五洲。志和平崛起，蓝图宏构；科学引领，人本追求。矢志奔康，和谐愿景，万里征程壮志酬。追憧憬，再九天揽月，兴我神州。

【作者简介】

陈池，男，1955年生，中共党员，博士研究生学历。当过下乡"知青"，企业高管，大学老师，政府官员。曾任广东省政府办公厅调研室主任，现任省级金融机构领导成员，广东省体改研究会副会长。出版著作三种，发表文章一百多篇。

念奴娇·为中国共产党九十华诞放歌

陈国华

泱泱大国，有千年显耀，百年屈辱。难忘前朝兴衰事，多少风流人物。浩气长歌，英雄迟暮，梦断硝烟路。苍茫大地，从来如火如荼。

思想与日同辉，与时同步，历尽风和雨。克难兴邦成大业，利国利民两顾。强国梦中，复兴路上，一派旌旗舞。江山不老，人将追梦如故。

【作者简介】

陈国华，1953 年 12 月生，大学本科学历，中共党员，工程师。现就职于交通银行四川省分行行政部。

念奴娇·建党九十周年庆

丁连先

普天同庆，举锤镰引路，伟功豪吟。国盛军强逢盛世，九秩辉煌灿华新。改革三旬，科学发展，崛起富庶民。赖擎天手，小康实现转乾坤。

华诞欢悦神州，欣逢芳辰，美酒千杯思虎将，缅怀先烈崇钦。禹甸康庄，和谐家园，惟有向民心。与时俱进，后贤智谋深。

【作者简介】

丁连先，1946 年生，军人。处女作《潇湘夜雨·喜赋今日瓦房店》在《光明日报》“时代新咏”刊发。盛赞百年奥运、讴歌新中国六十华诞、庆祝中国共产党成立九十周年诗词作品，分别获奖并入编《奥运中国》、《祖国颂》、《中国共产党之歌》等。荣获华文诗词艺术家、中华百强诗词家等荣誉称号，被授予国际奥林匹克文化金质勋章。

满江红两阕（依韵双咏）（新韵）

郝红

满江红·忆往昔

岁月留痕，九秩梦、喜悲同忆。回首望、众生涂炭，雁啼鹤唳。拨雾南湖惊雷响，云集遵义春风起。夙愿归，战鼓震天鸣，东方熠。

挥热血，先烈祭。生死共，苍天泣。勇谋杀敌寇，硕勋频绎。烽火连绵刀剑影，枪林弹雨扬英气。雄狮醒、乃怒吼三江，岿然立。

满江红·叹今朝

改制扬帆，三十载、同舟共济。心所向、党旗指引，百年承继。华夏民族搏骇浪，炎黄儿女施才计。重创新，众志战天灾，和谐系。

迎奥运，播友谊。精教育，尖端奕。看修明盛世，富国民意。香港澳门圆久梦，神舟京九声霄翌。叹今朝、万象始更新，丰碑立。

【作者简介】

郝红，女，笔名冰心无尘。中华诗词学会会员，贵州省作家协会会员、诗词楹联学会会员、写作学会会员，贵阳市陶然诗社会员、无名诗社副社长兼秘书长。在全国、省、市报刊杂志均有作品发表，并获奖项若干。获奖作品已入编全国相关大型文献及特刊。

念奴娇 ·九十载风云颂

胡民强

南湖舟上，聚星光，照亮我中华路。喜看井冈红烂漫，蔽日旌旗雄舞。烽火江南，燎原万里，马列神州驻。攻坚破险，天骄北上征戍。领导抗战八年，山河光复，再战拨云雾。

换得人间春色染，浩荡乾坤翻覆。劫难烟消，改革开放，踏上康庄道。未来华夏，必将国泰民富。

【作者简介】

胡民强，笔名古月，男，中共党员，1970年6月出生于河北正定县。现供职于正定县人民法院办公室。中国青年诗人协会理事，河北省作家协会会员，正定县文联秘书长。出版有散文集《诗酒年华》(与人合著)。

望海潮·和谐构建中华

李美苓

大江南北，长城内外，欣欣一派繁花。公路大桥，高原小岛，纵横交错驰车。珠贝畔金沙，绿藤嵌红瓦，东尽无涯。造物施恩，地盈人睿得当夸。

炎黄自古风嘉，有和为至贵，爱无等差。和而不同，泰然不傲，和谐构建中华。恭让沁人家，科学观发展，风尚颇佳。明日宏图遂愿，谦誉世人遐。

【作者简介】

李美苓，女，1937 年生。大学毕业后，一直在天津大学物理系任教。退休后研习古典诗词，目前已有作品五百多首。有诗集《我的歌》。

沁园春·为中国共产党九十华诞放歌

刘金堂

九秩春秋，砥柱中流，夤夜启明。看燎原星火，驱逐强虏；越千封建、大厦崩倾。亿万工农，翻身解放，改地换天旭日升。新国立，咱人民执政，焕然新风。

决心力变一穷。现代化乃发展引擎。搞改革开放，腾飞科技，国家强盛，迈步复兴。特色大旗，愈加鲜艳，漫卷寰球定遍红。齐奋进，奔小康社会，阔步新征。

【作者简介】

刘金堂，男，1932 年生，汉族。辽宁省大连市书法家协会会员，大连市老干部书画协会常务副会长，大连市诗词学会常务副会长，大连市沧海潮诗社副会长兼秘书长。

金缕曲·南湖船

刘献琛

盘古开天地。救神州，窃来火种，南湖舟里。射日补天成底事？牛女千秋血泪。红旗展，共工豪气。掀倒三山驱黑夜，听狮吼：中国人站起！阳春好，江山丽。

黄河颂曲飘云际。展宏图，长城龙跃，昆仑虎峙。核弹凌霄惊宇宙，揽月星槎疾驶。风雨过，天章重绘。激荡五洲云与水，看东方、红日当头霁。小康路，大同世！

【作者简介】

刘献琛，男，汉族，山东曹县人，1951年11月生。就职于中共山东枣庄市委党校，从事理论研究与教学工作，历史学教授。业余爱好诗词创作，近10年来在《中华诗词》、《诗刊》、《光明日报》、《北京诗苑》以及省级诗词学会刊物发表诗词300余首。参加各地举办的全国性诗词大赛，获取等级奖、优秀奖多次。

满江红·中国共产党九十华诞感怀

陕何如

万里东风，吹遍我、江天海岳。骄赤县，气冲霄汉、物丰神悦。九十奋争真铸义，一肩大任魂浇铁。盛世行、觞满酹谐和，筹民托。

旗正举，情尚切。征路远，惊涛烈。忆峥嵘往昔，致新求越。踏浪高歌圆梦想，举桨击水观科学。引航船、所向尽绸缪，千秋业。

【作者简介】

陕何如，男，59岁，中共党员，山西省晋城市阳城县人。历任阳城人民广播电台台长、总编辑，阳城县广播电视台副总编辑等职。著有诗词赋集《不罔涓溪入瀚河》、《阳城广播电视志》等。

沁园春·庆祝中国共产党诞辰九十周年

宋贞汉

九十年前，百派横流，正道沧桑。有启明之曜，升于沪上；燎原之火，燃自井冈。唤起工农，锤举镰挥，黑夜驱除布曙光。吟啸起，看乾翻坤覆，凤翥龙骧。

脱贫已破天荒，正领导人民奔小康。喜长城内外，千葩并艳；大江上下，百业齐昌。创建和谐，恢弘发展，反腐倡廉硕果香。先锋队，共山高水远，万寿无疆。

【作者简介】

宋贞汉，46岁，中学语文高级教师。中华诗词学会会员，中国楹联学会会员，安徽省楹联学会理事。

沁园春·"七一"

屠建基

红旗飘扬，玉宇澄清，九十春光。创建国纪元，烁今震古，扭转乾坤，万众欢唱。改革号响，声扬云霄，四海同心迎开放。紫气升，看莺翔燕舞，圃吐芬芳。

飞觞共庆诞辰，祝海晏河清百花香。沐和谐东风，歌声嘹亮；山川锦绣，再绘新章。金瓯生色，豪英壮怀，策马登程奔小康。党领航，逢盛世尧天，华夏辉煌。

【作者简介】

屠建基,1934 年 3 月生,江苏省宝应县人,1980 年 8 月加入中国共产党。1952 年 2 月参加革命工作,1961 年 8 月考入上海外国语学院俄语系,1965 年 8 月分配到中国人民银行总行工作,1990 年 9 月至 1995 年 12 月任中国银行总行党组成员、副行长,1995 年 12 月退休。

江城子·纪念建党九十周年

王春燕

九十华载回首望,前世事,岂能忘。嘉兴南湖,游船风雷酿。万千工农齐奋起,沥血雨,祭国殇。

沧桑巨变家国昌,人勤勉,图兴邦。经济腾飞,中华美名扬。和谐社会共创建,心凝聚,奔大康。

【作者简介】

王春燕,双鱼座女子,生于初春。喜旧时光,喜静思,喜香茗,喜棉麻质地的衣衫,喜素颜,喜暖阳,喜青翠的田园,喜写散文,喜填词,喜古曲,喜孤寂原野行走。

沁园春·贺中国共产党九十华诞

吴传宝

盘古开天,盛世今朝,璀璨八方。得红船破雾,金戈铁马,英雄辈出,伏虎歼狼。推倒三山,乾坤扭转,春满人间斗志昂。惊雷震,斧镰开大道,谱写华章。

雄鸡报晓龙翔,看华夏兴荣豪气扬。布民心政策,神州开放,高歌猛进,敢破天荒。社会和谐,城乡巨变,家国昌隆步小康。旌旗艳,照山河灿烂,再铸辉煌。

【作者简介】

吴传宝,男,中专学历,1959 年 6 月生于河南省郸城县。1976 年 1 月应征入伍参加工作,现供职于郸城县人大常委会办公室。河南诗词学会会员,郸城诗词学会副秘书长,《郸城诗联》编委。

沁园春·光辉岁月

苑福成

九秩生辰,四海讴歌,喜事万千。看神州巨变,日新月异;赤龙崛起,地覆天翻;民富国强,繁荣昌盛,海内承平社稷安。功勋著,继先贤伟业,薪火相传。

乾坤再造维艰,幸开放改革天地宽。赞为民执政,扶贫济困;立党为公,反腐弘廉。社会和谐,科学发展,华夏腾飞卷巨澜。征途远,创人间奇迹,再谱新篇。

【作者简介】

苑福成,1929 年生。1951 年在北京大学读书时,响应党发出的"抗美援朝,保家卫国"的号召参军,分配到空军,调到长春空军第一航空预备学校(现为空军航空大学飞行基础训练基地)从事对飞行学员的训练工作。先后担任文化教员、政治教员、政治教研室主任等项工作。1986 年退休。

沁园春·七月的收获

——纪念中国共产党成立九十周年

翟宏国

七月骄阳，点燃炉膛，锻炼好钢。铸镰刀巨斧，开天辟地；工农联盟，绚丽风光。马列旗扬，建立政党。共产洪流顺势昌。南湖水，入云泽陕北，路远情长。

英雄烈士铜墙，热血硬骨华夏栋梁。为人民解放，出生入死；团结一切，奋力兴邦。社会革新，文明进步，全靠科学大主张。瞻宏愿，创和谐世界，万众激昂。

【作者简介】

翟宏国，男，1964年生，汉族，山东泰安市人，中共党员。现任山东省济南市政协办公厅副主任。发表文章、诗词、书画作品200余篇(幅)。主编有《济南97小名士》等。业绩被载入《世界华人发明家大辞典》等书。

中吕·十二月带过尧民歌　党旗颂

折殿川

七月里香风滚滚，乌篷船载起霞云。井冈山摇篮育魂，窑洞中调动千军。西柏坡全民挺进，北京城换了乾坤。

寒风吹过是新春，一树梅花绽乡村。城中梦醒别天真，改革迎来九州欣。纷纷，纷纷捷报频，盛世和谐韵。

【作者简介】

折殿川,笔名一水,1947年10月生,山西省清徐县人。中国传统文化促进会散曲创作工作室副主任,中国散曲研究会会员,中国国学院特邀荣誉编委,中华诗词文化研究所研究员,中华诗词艺术交流中心特聘艺术指导,黄河散曲社秘书长,《当代散曲》执行主编。

江城子·庆祝中国共产党九十周年

周建道

回眸烈火照山川。冒硝烟,紧挥鞭。血染红旗,杀敌捷频传。义勇军歌声响亮,千劫尽,换新天。

春秋九十铸新篇,赞群贤,不松肩。大展鸿图,映彩百花妍。赫赫中华扬四海,酬壮志,喜空前。

【作者简介】

周建道,男,1975年12月生,中共党员。1998年入伍,2006年转业至安徽省蚌埠市商务局,现为安徽第四批选派干部、中共怀远县魏庄镇魏南村党总支部委员会第一书记。多次获得全国文学、新闻作品大赛奖项。

清平乐·纪念中国共产党成立九十周年

朱海清

南湖灯亮,破浪乘风上。推倒三山迎解放,万里长空晴朗。

征程何惧雄关,且看改革斑斓。今日倡廉反腐,明朝再续新篇。

【作者简介】

朱海清，男，69岁，湖南衡山人，大学文化。湖南省衡山县人大常委会原主任。中华诗词学会会员，中国楹联学会会员，衡山县诗词楹联学会名誉会长。

沁园春·跟党走　再铸辉煌

朱克信

南湖赤帜，唤醒民众，掀起怒潮。睹血映邦魂，驰骋疆场；龙腾虎啸，历尽沧桑。百载睡狮，东方崛起，屹立环球探月忙。争朝夕，治千疮百孔，史册留芳。

煌煌伟业奇勋，物博九州，国力盛强。有马列指航，政策开放；泽惠千家，亿万富饶。嘉猷巧御，发展经济，综合国力竞强梁。图宏矣，"十二五"规划，更铸辉煌。

【作者简介】

朱克信，男，汉族，1945年生，陕西省西安市人，中共党员。西北化工研究院退休职工。系陕西省西安市作家协会会员，骊山诗社社员，临潼区作家协会会员。作品有《平凡人生》、《擎天柱》。

念奴娇·欢歌庆祝建党九十周年

关延生

山欢海笑，看新华、日正中天高照。七月花繁嘉树茂，夏令犹闻春闹。鹊唱莺啼，龙腾虎跃，一派兴荣貌。和谐气象，威风锣鼓频敲。

一从沪海闻鸡，先贤起舞，剑劈三山倒。九十年党群戮力，巧把乾坤重造。改革真经，传笺接笔，谱写华章妙。高歌发展，神州同响宏调！

【作者简介】

关延生，男，1947年生，大学学历。广西诗词学会会员，梧州诗词学会副秘书长、理事，《梧州诗词》编辑委员会委员，梧州市作家协会会员、美术家协会会员。爱好广泛，常有散文、新体诗、旧体诗词、对联、灯谜、美术作品发表。

沁园春·庆祝建党九十周年

刘楠

船起南湖，军领南昌，塔耸延安。喜锤镰双结，横空出世；星星之火，势燎山原。腰折英雄，仆前继后，浩气腾翻坤与乾。抬望眼，看神州赤县，换了人间。

小岗一变桑田。红旗展，频频改革传。笑千浪跨跃，彩云飞旋；高歌猛进，倒海排川。航母巡洋，嫦娥奔月，耻辱不离梦百年。苍茫问，有大江东去，碧海青天。

【作者简介】

刘楠，男，原中共北京市西城区委党校高级政工师，已退休。曾在省市级以上报刊公开发表作品30多篇，多次荣获征文等级奖。

水调歌头·贺中国共产党九十华诞

刘宇杰

谁能主沉浮，问苍茫大地？且看红色七月，南湖船上旗。九十载风雨路，往事皆成回忆，党恩铭心底。举国庆华诞，高唱红歌曲。

听党话，跟党走，顺民意。爱岗敬业，创先争优最积极。民乐业爱国家，事业顺兴中华，“十二五”开局。祈愿党长青，万民享安居。

【作者简介】

刘宇杰，内蒙古通辽经济技术开发区辽河中学教师。

满江红·喜迎建党九十周年

吕成玉

南湖启航，九十载、开天辟地。谋复兴、雪埋忠骨，山映旌旗。八年同仇驱倭寇，三载戮力追熊罴。闻领袖宣言震寰宇，站立起。

补疮孔，合民意；扫穷白，强国力。叹十年浩劫，赤县凋敝。阴霾散尽一帆正，大鹏扶摇双翼比。喜神州高歌泰安曲，东方屹。

【作者简介】

吕成玉，男，大专学历。现任内蒙古巴彦淖尔市职教中心主任，中学语文高级教师，中学特级教师。系内蒙古自治区教育学会理事，内蒙古自治区作家协会会员。先后在多家报刊发表论文、诗歌、散文200余篇（首），主编《巴彦淖尔市初级中学职业教育读本》和《域外之行满眼春》，著有诗文集《学海泛舟》、《岁月写真》。

千秋岁·民族希冀

——庆祝中国共产党成立九十周年

王　勇

南湖波翠，道义担当起。定国运，飞鸣镝，镰刀除毒刺，铁斧敲破壁。红旗舞，神州遍地工农戟。

意志坚无比，步伐铿锵力。民众苦，心中记，三山填大海，白纸蓝图绘。明灯照，中华民族扬希冀！

【作者简介】

王勇，男，60岁，中共党员，大学文化，政工师、经济师，退休干部。曾任湖南省岳阳市物资储运公司总经理兼党委书记，湖南国际经贸学院副院长等职。岳阳市诗词协会会员，岳阳市楹联协会会员。

沁园春·建党九十周年赋

张才得

九十流光，斩棘披荆，气象万千。想神州蒙垢，内忧外患，生灵涂炭，兵祸连绵。志士赤诚，南湖绿水，一十三人泛一船。风雷动，看丹心碧血，破浪扬帆。

曾经丽日中天。奈浊雾瘴烟蔽十年。幸小平设论，再兴民气；三中决策，重整山川。拨乱清邪，和谐建设，经济腾飞一帜悬。披肝胆，正公平任重，反腐途艰。

【作者简介】

张才得，男，上海市静安区离休干部。

沁园春·贺中国共产党九十华诞

张　宁

九十岁去，隙驹石火，万象同殊。记新天日月，中华易貌；改革春风，生机顿苏。代表于心，科学发展，和衷共济谱宏图。追来日，建和谐社会，坦步通途。

一朝回首繁芜。叹丹心碧血筑洪炉。惜河山破碎，九州飘絮；神州陆沉，风雨攸除。易水长歌，天狼共御，洗尽云阴旭日出。承壮气，奋民心之笔，作盛世书。

【作者简介】

张宁，中国传媒大学学生。

江城子·建党九十周年有感

郭春荣

党辰九秩赤旗扬，赞国强，颂民康。港澳回归，两岸谱新章。国际和谐风采展，同沐雨，共荣昌。

山河锦绣九州祥，铸辉煌，创流芳。访月神舟，漫步太空忙，奥运世博书盛世，华夏梦，又飞翔。

【作者简介】

郭春荣,女,41 岁,河南省扶沟县农牧场中学语文教师。工作之余,练习诗词,曾在扶沟县诗词协会、扶沟县教体局举办的诗词征联活动中多次获奖。

多丽·纪念中国共产党成立九十周年

叶 铭

颂先贤,红船立党成章。唤工农,投身革命,奋举锤棒刀枪。激秋收、南昌起义,井冈聚、针对豺狼。抗战驱倭,江南歼敌,共和成立日荣昌。雪国耻、回归香澳,业绩显辉煌。航天就、载人遨宇,探月婵娘。

壮中华,华京奥运、世博中外彰扬。抗灾情、八方救助,国力殷,能解难匡。经济繁荣,金融活跃,人民生活食居良。重科技、三农广建,高产定丰粮。康庄道,民心所向,稳步加强。

【作者简介】

叶铭,字柏青,男,1926 年生。1983 年 8 月底离休。现为浙江省景宁县老年书画研究会副会长,中国老年书画研究会会员,中原书画院高级院士。书画诗词入编 18 册。

鹧鸪天·为中国共产党九十华诞作(用真文韵)

李凤能

马列旗扬主义真,锤镰辉映九州春。工农革命辟新宇,民主开天铸国魂。

除秽恶,转乾坤。乌云散尽上朝暾。东风煦暖蛰龙起,惠政清和赋大仁。

【作者简介】

李凤能,男,1947年生,四川省南充市人。中学高级教师,已退休。有诗文数百篇散见各大报刊。所作诗赋、楹联等多次获得全国赛事大奖。

一剪梅·丰功

苏卫东

马列申城焰火熊,唤醒工农,伏虎降龙。泱泱华夏复兴隆,民族相融,国度欣荣。

社会和谐众志同。御震抗洪,人胜天公。神舟系到探星空,贺诞由衷,共颂丰功。

【作者简介】

苏卫东,1936年出生,中共党员。江西省铅山县诗词协会副主席,江西省诗词学会会员。有诗词集《象山集》、《晴窗集》、《宗缘集》。

沁园春·中流砥柱[1]

王林飞

爝火[2]锤镰,南湖始肇,北伐初戎。忆洪都[3]举义,井冈振旅;遵城[4]转捩,万里趋风。秦陇[5]筹谋,晋苏[6]浴血,鏖战八年逐寇凶。雄狮壮,降金陵策马,落堕苍龙[7]。

红旗猎猎临空,重收拾[8]旧邦[9]新换容。叹黄沙云涌,声惊寰宇;银河星绕,气贯长虹。[10]大地回春[11],荆莲绽放[12],驰舫京申盛会雍[13]。和天下，华夏当崛起，国运昌隆。

【注　　释】

[1]中流砥柱，出自《晏子春秋·内篇谏下》：“吾尝从君济于河，鼋衔左骖，以入砥柱之中流。”毛泽东《论联合政府》：“没有中国共产党人做中国人民的中流砥柱，中国的独立和解放是不可能的。”

[2]爝火，出自《庄子·逍遥游》：“日月出矣，而爝火不息；其于光也，不亦难乎！”成玄英疏：“爝火，犹炬火也，亦小火也。”

[3]洪都，南昌的古称。毛泽东1965年夏巡视南昌时曾作诗《洪都》。

[4]遵城，遵义，为合平仄称“遵城”。

[5]秦陇，陕甘宁边区。

[6]晋苏，晋，指代八路军抗战区；苏，指代新四军抗战区，泛指党领导的抗日根据地。

[7]苍龙，指太岁星，古代术数家以太岁所在为凶方，故亦指凶恶的人。出自《后汉书·张纯传》：“今摄提之岁，仓龙甲寅。”李贤注引《前书音义》：“苍龙，太岁也。”毛泽东《清平乐·六盘山》词：“今日长缨在手，何时缚住苍龙？”作者自注：“苍龙：蒋介石，不是日本人。因为当前全副精神要对付的是蒋不是日。”此处袭用其意。

[8]收拾，整顿，整理。岳飞《满江红》词：“待从头、收拾旧山河，朝天阙。”

[9]旧邦，双关语。指蒋家王朝；也指历史久远的国家，出自《诗·大雅·文王》：“周虽旧邦，其命维新。”

[10]“叹”字二句，指两弹一星。

[11]大地回春，指改革开放。

[12]荆莲绽放，指港澳回归。荆，紫荆花，代表香港；莲，莲花，象征澳门。

[13]驰舫，指神舟系列和探月工程；京申盛会，指奥运会和世博会；雍，和睦，愉悦。

【作者简介】

王林飞，广西大学文学院2009级中国古代文学专业研究生。

永遇乐·“七一”随想

向 陈

风卷残云，水翻银浪，浓荫时节。流急舟横，龙蟠虎踞，王气今番绝。溯江西指，挥戈南下，一统四方心协。昭寰宇，湘音致远，编年应开新页。

萦回九旬，运筹多士，国运恢宏壮阔。港澳归宗，奥运梦圆，同赞经纶杰。肃贪严法，举贤能稳，神州共建和谐。共肩起，雄图展步，勿愁陨越。

【作者简介】

向陈，女，1984 年生，汉族，湖南省长沙市人，湖南中医药大学在读硕士研究生。热爱文学，自幼痴迷诗文创作，在各级报刊杂志上发表诗歌、散文三十余篇，并多次在全国、省、市文学创作竞赛中获奖。

满江红·贺建党九十周年

沈焕湘

共产党人，求真理、追寻马列。九十年、高举旗帜，实现跨越。任凭五洲风雷动，面对四海云水落。极目眺、中华要强盛，唯改革。

观世界，看中国，不折腾，兴大业。城乡繁荣景、独具特色。遨游九天试身手，驰骋五洋行我责。看东方、巨龙欲腾飞，人民乐。

【作者简介】

沈焕湘，1963 年 11 月参加中国人民解放军，1985 年底转业，任安徽省合肥市公路局肥西县分局党总支书记，高级政工师，2006 年退休。

沁园春·庆祝中国共产党成立九十周年

程立家

帜耀镰锤，九秩峥嵘，四海炳煌。昔吾邦贫弱，列强霸道，官衙滥政，烝庶遭殃。隽士擎旗，工农奋臂，推倒三山众志昂。乾坤转，冀神州大地，丽彩新妆。

征途曲折无常，叹人祸天灾竞逞狂。喜邓公复出，力倡改革，党风重振，共举宏纲。经济腾飞，民生猛进，禹甸和谐建小康。鸿图展，看中华崛起，敬慰炎黄。

【作者简介】

程立家，男，汉族，1942 年生，高级工程师，中共党员。中国楹联学会会员，四川省成都市诗词楹联学会副会长。兴趣广泛，爱好诗词楹联的欣赏和创作，并多次在全国性的诗词楹联大赛中获奖。

浣溪沙·建党九十周年感赋

胡一飞

叱咤风云九十年，战天斗地史无前。以人为本续新篇。

引领潮流何畏惧，排除险阻敢争先。神舟揽月九霄天。

【作者简介】

胡一飞，汉族，男，安徽省黄山市人，中共党员，物理学副教授。曾任安徽省物理学会理事。参编高校通用教材《普通物理学》(梁绍荣等主编)。编著《农业科学中的物理学》等多种教学用书和《寒斋短吟》诗集。

望海潮·喜迎中国共产党九旬华诞

雷永学

南湖游艇,晨熹破雾,一轮喷薄东升。金斧玉镰,燎原火种,工农叱咤风云。响井冈枪声,率南昌起义,万里长征。遵义平澜,延河宝塔指航程。

如今海晏河清,喜长城稳固,转斗移星。几代英才,倚天抚剑,倾心关注民生。倡发展和平,谋外交联友,内政修明。一统金瓯可待,迎化日融情。

【作者简介】

雷永学,湖北省武汉黄陂人,1929 年生,卒业于前湖北省教育学院。1950 年参加教育工作,从教 43 年。中学语文高级教师。武汉市黄陂区诗词楹联学会学术顾问、老年大学教授。与人合作,出版著作十余部。发表诗、词、联及曲艺数百余首(篇)。

水调歌头·献给党的九十华诞

宋立安

一曲《红旗颂》,旋律《诉衷情》。南湖画舫,中国革命启航程。九十春秋奋斗,赢得民心所向,前景放光明。推倒山三座,苦雨转天晴。

笑颜红,心潮涌,起欢声。仰望五星灿烂,意气更纵横。奋发图强挺进,改革鸿猷大展,坚定向前行。特色音符美,情系为民生。

【作者简介】

宋立安，男，1953 年生，安徽省芜湖市人。安徽省书法家协会会员，芜湖市诗词学会会员。常有书法、诗文、楹联作品在专业报刊上发表。书法作品曾获安徽省首届青年书法展览一等奖，诗文、楹联、书法获奖作品多数被收入作品集。

江城子·大业

宋羽森

国若累卵战未休，南湖头，放轻舟。东征北伐，擎剑扫顽酋。难容神州再水火，罗霄下，工农吼。

万里岂为觅封侯？苍生瘦，最心忧。峥嵘百战，共和耀金瓯。盛世始觉江山好，德长存，功不朽。

【作者简介】

宋羽森，男，汉族。1993 年生于重庆市璧山县，现为高中在校学生。热爱中国传统文化，熟读四书。自幼接触中国近代史，不仅对中国共产党的历史有一定了解，更对共产党爱得深沉，爱得热烈。

水调歌头·庆祝建党九十周年

叶礼成

耻辱蒙华夏，血雨漫长空。锤镰辟地开天，赤帜唤工农。横扫妖魔鬼怪，殊死舍身搏斗，除尽害人虫。旭日曙光照，赤县始腾龙。

人间事，寻富路，赖三中。创举中华特色，图治展雄风。宏业巍巍坚固，大德煌煌明耀，气势胜长虹。看庆云重丽，四海颂勋功。

【作者简介】

叶礼成，1955年5月生，福建建阳人，大专文化。系南平市、建阳市诗联会会员。诗、词、联散见于《中国当代诗词选》、《中华当代律诗精选》、《中华当代词宗》、《东坡赤壁诗词》、《对联》杂志、《澳门楹联报》等。在全国诗联赛事中多次获得优秀奖和佳作奖。

临江仙·九旬党庆

余 新

俏丽朝霞迎旭日，姚黄魏紫嫣红。城乡贺寿愧词穷。山赠桃万树，海敬酒千钟。

塞北江南舒望眼，蛟龙起舞长空。锤镰旗展乐苍穹，阳光生月色，雨露润花容。

【作者简介】

余新，男，74岁，中共党员，大专文化。湖北省武汉市黄陂区诗词楹联学会副会长兼秘书长，《黄陂诗联》、《人文前川》主编。

满江红·建党九十周年抒怀

戴绍金

星火燎原，红船内，曙光初现。崇马列，济穷扶弱，集贤招彦。手举锤镰除旧制，前仆后继攻艰险。远征难，八载勇驱倭，宏基奠。

乾坤转，神州变；兴改革，终拨乱。富民强国计，转型增产。四代伟人谋略大，千秋功绩山河灿。战美欧，听捷报频传，迎华诞！

【作者简介】

戴绍金，男，汉族，1959年生，大学毕业，中学高级教师。中华诗词学会会员，中国楹联学会会员，湖北省诗词楹联学会会员，洪湖市峰口镇诗联书画学会副会长兼峰口镇《直埠新声》诗联杂志主编。诗联作品多次在国家级报刊发表，曾多次荣获国家、省市级大奖。

水调歌头·党的生日

覃国钧

天高鹏展翅，海阔鱼争游。红旗指处波涌，热血写春秋。金戈扫平三山，铁马踏平坦途，春光满神州，万物得雨露，无处不轻柔。

百业举，万事兴，展鸿猷。改革开放，破浪乘风驾飞舟。反腐倡廉固本，激浊扬清自律，为民旨常留。高歌策骏马，更上一层楼。

【作者简介】

覃国钧，广西武宣人。大学本科毕业，高级政工师、经济师。现任广西瑞通运输集团公司董事，广西来宾中兴汽车运输有限责任公司董事、党委书记兼副总经理、工会主席等职务。广西书法家协会会员，广西作家协会会员，来宾市作家协会副主席，来宾市青年文学院顾问。文学及书法作品散见相关报刊，并多次获奖。

鹊桥仙·庆建党九十华诞

王玉河

沧桑九秩，道路多险，乘风破浪向前。披荆斩棘山河变，抗日寇，神州旗艳。

红日东升，春回大地，改革赢得发展。柳暗花明又一程，看今天，国强民安。

【作者简介】

王玉河，作家、诗人。1968 年生，山东济南人，小学语文高级教师。中国诗歌学会会员，山东省散文学会会员，山东省青年作协理事，发表作品 1000 余篇，30 余次获奖，出版有诗集《我心中的歌》、散文集《岁月如画》等。

沁园春·建党九十周年记

杨若愚

华夏之邦，独立富强，神采飞扬。忆九十年前，万事苍凉，有一政党，屹立东方。血气方刚，兴国安邦，光复中华显神威。忆往昔，争舍生取义，历经沧桑。

今日如此辉煌，毛泽东思想当先锋，邓小平理论，三个代表，科学发展，共建和谐。改革开放，九州富强。路漫漫其修远兮，看前程，当一飞冲天，笑傲八方。

【作者简介】

杨若愚，女，1993年生，汉族。祖籍河南，现居天津。现就读于云南大学公共管理学院。爱好文学，尤喜辞赋，曾发表文章十多篇。文学作品多次获奖。

满江红·盛世抒怀

张 远

巨柱擎天，更显出、中华豪迈。斗艰险、劈波斩浪，江河澎湃。涉水翻山开大道，穿云破雾降魔怪。笑凭栏、赋就满江红，抒慷慨。

风雷激，光阴快；惊涛涌，雄心在。欲扬帆踏海，未尝言败。雨露浓浓滋万野，春晖暖暖流千载。唱东风、盛世展红旗，民生泰！

【作者简介】

张远，男，汉族，安徽萧县人，中共党员。1996年入伍，2001年毕业于中国人民解放军蚌埠坦克学院，现在南京军区某部服役。

鹧鸪天·纪念中国共产党诞辰九十周年

孟庆千

风雨苍黄九十年，披荆斩棘换新天。长征万里播青史，浴血八方战敌顽。

担重任，赋华篇，千帆竞发各争先。和谐社会民安乐，盛世欢歌代代传。

【作者简介】

孟庆千，曲阜师范大学中文系毕业，诗词爱好者，作品散见于《圣地诗刊》、《北京诗报》、《诗生活》、《民工诗报》等杂志。

满江红·建党九十周年

王秀之

梦生南湖，水波远，光清世界。多少眼，一时闪亮，明途消夜。铁马金戈南北纵，书生意气豪情烈。恨民艰、雨雾不能迷，山河切。

轻生死，洒热血；擎信念，永难灭。运筹帷幄内，翼垂长野。星火燎原暖万里，红旗怀志照高月。九十年、扼腕斩棘行，轻风雪。

【作者简介】

王秀之，河北省海兴县人。曾在省市报刊上发表过数篇散文、诗歌。有散文、歌行体等获征文大赛等级奖。

满江红·为中国共产党九十华诞放歌

叶柏龄

风吼雷鸣，狂暴雨、黎民苦惧，云雾散，阳光铺地，苍生同浴。几十年南征北战，迎来百姓翻身日。鼓锣敲、咏唱舞蹁跹，党生日。

九州易，兴社稷。蓝图丽，行如一。提精神鼓气，踧山峰喜。壮志凌云登广宇，欢天喜地歌功绩。两岸联、华夏更中坚，巍然立。

【作者简介】

叶柏龄，男，1937 年生。本科毕业，中学高级教师。福建省泉州市文联作家协会会员，泉州诗词学会会员，原泉州晚报社特约通讯员。大量诗文发表在市级直至国家级报刊上。

水调歌头·建党九十周年

胡立利

已把青天破，更碎万田川。人间处处迷雾，蔽日锁千山。奋起工农亿万，热血丹心火烫，滚滚化泉源。遂使海空碧，寥廓遍鸾鹓。

时虽变，星仍灿，忆前贤。谁能忘却穷厄，百姓抢先援。鸟兽因何聚散，贵贱如是善变，月月月还圆。只要红旗在，国运永绵绵。

【作者简介】

胡立利，安徽省淮河诗词协会名誉会长，淮河谜联协会名誉会长，淮河古典诗词格律研究会首席顾问。

贺新郎·庆祝建党九十周年(新韵)

周炜才

九秩欣然顾。忆金瓯、南湖启碇，井冈开步。黄浦江潮追北斗，旗映罗霄晓雾。看炬秉、工农齐赴。铁马金戈摧腐朽，化长虹、血染征程路。

倭寇逐，蒋朝覆。

百年悲恨从今吐。换人间、东风万里，普天欢度。改革图新铺锦绣，姹紫嫣红怎数。真理引、黎民繁富。奥运神舟赢四海，竞争春、世博明珠铸。寰宇颂，神龙舞。

【作者简介】

周炜才，男，1964 年生，江西临川人，研究生学历。江西省诗词学会会员，《中国韵律诗歌》学会会员。1986 年开始诗歌文学创作，发表作品 400 多篇（首），散见各报刊杂志和网络论坛，有 60 多篇（首）获全国、省、市级奖，个人出版有《耕耘在绿色天地》文学集。

沁园春·贺建党九十周年

刘如姬

四海升平，九派奔腾，万众歌欢。看申迎世博，珍呈万国，梦圆奥运，星耀五环。壮美江山，和谐社会，改革春风惠大千。豪情涌，正巨龙崛起，翔舞层巅！

于今回首从前，九十载烟云弹指间。忆南湖渔火，点燃信仰，北平盛典，开启尧天。热血生涯，辉煌时代，更创炎黄新纪元。迎华诞，祝民安国泰，福祚绵延！

【作者简介】

刘如姬，女，福建永安人，笔名如果。1977 年 2 月生，1995 年 12 月入党，1997 年 3 月入伍，大学学历，现任福建省永安市文联副主席。系中华诗词学会、楹联学会会员，福建省诗词学会、楹联学会理事，福建省中青年诗词家联谊会委员。诗词楹联作品多次在全国各大赛事中获奖，并在《诗刊》、《中国韵文学会刊》等报刊发表。

六州歌头·为中国共产党九十华诞而歌[1]

张敬和

神州昔日，烟瘴漫纷纭。军阀乱，洋人扰，佞官昏，遍凋零！激引群英起，据湘赣，集陕北，谋解放，驱强虏，揽长缨[2]。浴血卅年，腐恶[3]终征灭，魔走庙崩。历改革开放，呈盛世昌明。国势蒸蒸，普天惊！

遇金融难，五洲泛，犹崛起，比干城[4]。曾被作，刀俎肉，感而今，上座宾。逢九十华诞，宜宣颂，放歌吟。十二五，机再现，路非平。牢记为公立党，葆廉正，洁爱吾身。用科学谋断，应变幻风云。事业长春。

【注　释】

[1]本词用今声，参考张孝祥体词谱。

[2]揽长缨，喻对反动派进行武装斗争。毛泽东词《清平乐·六盘山》："今日长缨在手，何时缚住苍龙？"又毛泽东词《蝶恋花·从汀洲向长沙》："六万天兵征腐恶，万丈长缨要把鲲鹏缚。"

[3]腐恶，即反动派，见上注。

[4]金融危机发生后，国际上将中国视为全球经济复苏的动力、引擎，甚至救世主。

【作者简介】

张敬和，笔名闲白室叟，男，1931年3月出生，大学工科毕业。退休前从事电控工程设计，高级工程师职称，业余爱好旧体诗词。偶有吟咏，无著作发表。

沁园春·中国共产党九十华诞志庆

林金松

盛夏时分，菡萏香浓，兰蕙露滋。正东方日丽，五云焕彩；中天月朗，四野生芝。铙鼓腾霄，笙箫涌浪，舞袖歌唇弄虹霓。升平世，值九旬大庆，百姓熙熙。

应知世事如棋，忆改革当年一着奇。似熏风化雨，泽苏万物；群芳竞艳，八薮生机。两制鸿猷，遂收双璧，宝岛祥占接踵归。团圆日，看龙腾新纪，有凤来仪。

【作者简介】

林金松，《湄洲日报》专刊部主任兼文学版编辑。中国楹联学会会员，中华诗词学会会员，莆田市诗词学会副会长。

沁园春·纪念建党九十周年

张宏岐

沧海横流，风云变幻，旷劫无前。正民族危难，群魔乱舞，嘉兴湖畔，一帜高悬。八一枪声，井冈号角，唤起工农万万千。求真理，惜前仆后继，多少英贤？

星星之火燎原，凭众志成城似铁坚。更均田驱寇，民心所向，摧枯拉朽，重整河山。世界东方，天安楼上，千古强音震宇寰。锤镰赤，领新华勇进，春满人间。

【作者简介】

张宏岐，吉林省长岭县农民。出生于1960年9月，1977年高中毕业后回家务农，1999年到辽宁省大连市打工至今。因中学时代受“文革”影响，课不常规、学不系统，故常常偷看一些“闲书”，深受《红楼梦》、唐宋诗词影响，尤喜毛泽东诗词。

水调歌头·庆祝中国共产党九秩华诞

马明德

头压大山重，赤县玉疆危。幽幽长夜难亮，民众盼惊雷。壮士金田起义，君子宫闱变法，结果似灰飞。中域往何处，拯救赖其谁？

辟天地，一大会，里程碑。宣言联系华夏，无隘不能摧。舌战扬吾优势，仗剑消除魑魅，国盛壮民威。求是书青史，与日共光辉。

【作者简介】

马明德，1952年5月生，原籍山东省桓台县。1972年入伍，转业后，历任中共山东省滨州地委办公室副主任、地委副秘书长，滨州市委副秘书长、市海洋与渔业局局长兼党委书记等职。2009年被山东省委、省政府表彰为“全省模范军队转业干部”。著有《听芦轩文集》。现为中华诗词学会会员，滨州市诗词学会副会长。

六州歌头·缅怀党史庆“七一”

刘好学

镰锤赤帜，九十载征程。舟中舵，流中砥，剑中锋，史中经。国泪侵襟日,联盟友,除军阀;友反叛,疯屠杀。有何惊?起义南昌,会井冈兄弟,万里长征。继辟除“左”“右”,遵义定英明。陕北窑坪,马嘶声。

听卢沟吼,抗倭寇。军民志,铁长城。时八载,硝烟散,日投诚。笑南京,阋斗先开手,才三载,遁台澎。民呼跃,共和国,舞红旌。开国迂回探路,创奇迹,国似飞鹏。读悠悠党史,页页喜充膺,热泪如倾。

【作者简介】

刘好学,深圳市外事办退休干部。

念奴娇·华诞放歌(新韵 十四姑)

余承安

红旗招展,唱山河锦绣,升平歌舞。虎跃龙腾欢盛世,擂响黄钟金鼓。百载艰辛,百年美满,百姓同康富。南湖船月,光明还问来处。

五四云起京华,风传马列,烟雨连淞沪。战火洗礼雄英魄,洒血忠魂浇铸。开放改革,民主专政,特色中国路。又逢七月,神州遍地花簇。

【作者简介】

余承安,本名余敏君,男,1976 年 12 月生,广东连平人。广东省河源市作家协会会员。2008 年开始诗歌、散文写作,发表作品若干。

六州歌头·从红船到航母(新声韵)

——为庆祝中国共产党九十华诞而作

杨青云

神州板荡,日月并�然。朝廷腐,豺狼入,母亲瘫,子民煎。烟雨南湖上，红船里，新生命，呱呱诞；承使命，起征帆。唤醒工农，举起镰和斧，扭转坤乾。破千难万险，灭内外狼烟，辟地开天，建民权。

为人民计，守宗旨，谋发展，创难关。“跃进”过，“文革”害，自纠愆，挽狂澜。卅载开新宇，宏图展，日中天。敌者怒，友者善，自岿然。消灭蛀虫硕鼠，党康健、国泰民安。看中华航母，破巨浪惊湍，一往无前。

【作者简介】

杨青云，女，退休干部。陕西西安人。现为陕西省诗词学会常务理事、副秘书长，陕西省老年诗词学会常务副会长，《秦风》诗刊主编。

满江红·与党同呼吸

张七一

泱泱华夏，同回首建党九旬。南湖起，几多浴血，几多捐躯。八年抗战逐日寇，解放战争全歼敌。领民众创建新中国，东方立。

促建设，日月异；改革起，步伐疾。城乡皆巨变，世界屹立。党的恩情深似海，幸福不忘众先驱。永与党心心来相印，同呼吸。

【作者简介】

张七一，1954 年 7 月生，籍贯重庆市南岸区。1976 年加入中国共产党，1977 年参加工作。2009 年从重庆市北碚区政府老龄办退休。

沁园春·峥嵘岁月

张富波

何寄幽思？烟雨楼前，风满红舟[1]。载一楫星火，从容壮大，三挥义旅，血淬金瓯。北上请缨，南来逐鹿，手把吴钩战未休[2]。齐戮力，待平戎事了，拜富民侯[3]。

嗷嗷黄口谁忧？此大任天将贤者酬。喜稻粱千垄，炊烟万灶，车船列市，珠翠盈头。君子之泽，涓涓九旬，庶富教[4]为济世谋。凝望处，那桃源渡口，若现若收。

【作者简介】

张富波，1981年生，河北涉县人。毕业于河北大学哲学系，研究方向为马克思主义哲学，喜好中国古典哲学，涉猎西方哲学。

【注　释】

[1]红舟，即红船，中共一大会议纪念船，今陈列于嘉兴南湖烟雨楼下。

[2]以上指中共一大、三次武装起义、北上抗日、解放战争等历史事件。

[3]富民侯，汉武帝晚年，封车千秋为"富民侯"，取"大安天下，富实百姓"之意。事见《汉书·车千秋传》。

[4]庶富教，出自《孔子·子路第十三》："子适卫，冉有仆。子曰：庶矣哉！冉有曰：既庶矣，又何加焉？曰：富之。曰：既富矣，又何加焉？曰：教之。"上文中"稻粱千垄，炊烟万灶"即"庶之"，"车船列市，珠翠盈头"即"富之"。

念奴娇·贺中国共产党九十华诞(步东坡原韵)

谢秀强

缓铺云纸,秀山外、不尽烟花风物。妙点丹青,斜栅里、几处高檐白壁。素瀑飞花,鸳莺绕树,野岐千堆雪;川图新画,一时无数英杰!

回想三十年来,世时多变幻、因机腾发。伟业鸿图明画出,妖逆烟消云灭。国盛民康,燕然未勒、我已无青发。遥招台海,举杯同敬天月!

【作者简介】

谢秀强,号牧谷居士。四川省青川县人,1977年生,大专文化。学医出身。现从事策划、文案、写作工作。素爱读书,涉猎众多,尤爱诗词歌赋,兼好书法,常笔耕不辍。

沁园春·纪念建党九十周年

李家桥

巨鼎神奇,华夏雄威,屹立东方。喜山川大地,清风和煦;虹霞广宇,正气芳香。业启宏图,龙腾盛世,燕舞莺歌唱小康。和谐景,任张灯结彩,特色旗扬。

回眸九秩沧桑,竞历史长河展画廊。看红船出发,乘风破浪;工农暴动,倒海翻江。万里长征,力挽狂澜,锤镰奋举逐虎狼。丰碑耸,记金瓯无缺,更著诗章。

【作者简介】

李家桥，男，1957 年 2 月生，汉族，湖北省武汉市蔡甸区人，大专文化程度。1975 年 9 月参加工作，现就职于武汉市蔡甸区水务局。业余爱好诗词楹联，曾在各类诗词楹联征集活动中多次获奖。

鹧鸪天·红色礼赞

胡启山

赤帜旃旌万杆飘，红船起航尽英豪。锤摧旧制除枷锁，镰扫朽枯逐魅魈。开富路，凯歌嘹，峥嵘岁月弄春潮。和平崛起雄风劲，一统金瓯万代牢。

【作者简介】

胡启山，男，高级政工师，湖南省科普作家。

多丽·"七一"抒怀

陈斯高

舞腾欢。长天阔海斑斓。御谐风、铺光流韵，黄龙一跃冲天。百千秋、复兴长梦；一代代、发展情缘。烈士痴忱，先哲壮志，润滋桑海梦终圆。喜纵目、征途踊跃，满眼是龙旃。心潮激、肃巾揖手，再祝轩辕。

喜年来、东风化雨，九州春色无边。记牢牢、匹夫有责；思耿耿、大任从肩。莫忘旗旒，心仪镰斧，征途策马要加鞭！驰青眼，风光旖旎，惹我意缠绵。快雄起、拿云揽月，过隘攀山。

【作者简介】

陈斯高，江苏省作家协会会员，中国散文学会会员，中华诗词学会会员。

满江红·党颂

——纪念建党九十周年

姚福英

血雨腥风，九十载、征途漫漫。乾坤荡、魂牵理想，心存信念。斩棘披荆开伟业，克艰攻险排危难。换新貌、红日照东方，金光灿。

兴经济，谋发展；施善政，拿方案。有凌云之志，气冲霄汉。引凤筑巢天地阔，招贤汇智征程远。共产党、处处想人民，真情暖。

【作者简介】

姚福英，女，1962年10月生，农民。喜爱文学，对诗词情有独钟，发表过诗歌。

解连环·祝建党九十华诞

潘弘萍

大江东去，携千重烟浪，论今评古。看一度、开谢红莲，任剑影刀光，各朝千度。拍岸高歌，风骚处，沉浮谁主？溯胡天汉月，武略文韬，唯今堪铸。

风云煽燃火炬，灼经年块垒，化作尘土。见曙光，科技兴邦，望火箭飞船，遨游寰宇。正道汤汤，聚四海、奇才良玉。待明日，月宫摆酒，卷帷击缶。

【作者简介】

潘弘萍,女,41岁,上海市诗词学会会员,曾获上海市世博放歌优胜奖。

踏莎行·五红曲

李建容

红船

黄浦开端,南湖立党,英才救世惊雷响。开天辟地换人间,东风浩荡人心爽。

往昔轻舟,今朝巨舫,航程壮阔长天朗。千帆齐发竞风流,恢弘气势寰球仰。

红旗

帜缀锤镰,旗腾烈焰,红旗凝结苍生愿。尘埃扫尽九州新,风清气正江山艳。

大纛高悬,宏图构建,和谐科学开生面。扬清激浊海河清,火红本色长光绚。

红军

八一兴师,南昌枪响,井冈星火燎原广。铁流奔涌荡千山,长驱日寇穷追蒋。

地裂山崩,洪灾旱魃,神兵顷刻从天降。欣观科技更强兵,长空陆海军威壮。

红旅

百道雄关,千重峻岭,依稀可见先贤影。英雄足迹血凝成,寻踪难禁发深省。

历史重温,明灯永炳,醍醐灌顶头清醒。先驱遗范励今人,倾心共铸中华鼎。

红歌

旋律铿锵，歌词豪放，感人肺腑心清旷。峥嵘岁月一支歌，敢蹈火海刀山上。

温故知新，老歌新唱，雄风重振心欢畅。复兴路上载歌行，骤增豪气三千丈。

【作者简介】

李建容，男，湖南邵东人。长期供职于政法机关，曾任中共娄底市委政法委副书记、市政协常委。退休后，习作诗词书法。

沁园春·纪念中国共产党建党九十周年

黄建中

破碎山河，乱舞群魔，遍地哀鸿。溯南湖碇启，英雄聚首；洪都炮响，镰斧镶红。万里长征，八年抗战。唤起工农挽大弓。东方亮，把阴霾逐尽，腾起潜龙。

而今遍地葱茏，好一派和风动紫穹，喜贤传四代，新程跨越；民安九域，德望丰隆。奥运囊金，神舟探月。世界强中挺起胸。人共祝，党九旬华诞，情发于衷。

【作者简介】

黄建中，男，1943 年生。中华诗词学会会员，湖南省楹联家协会理事，宁乡县诗词协会副会长。近几年来，多次在全国、省、县诗联大赛中获等级奖。

沁园春·建党九十周年赞歌(词林正韵)

陶其骖

九十韶华,船启南湖,始亮火星。乃征途远舵,迎风劈浪,开元巨手,去病除症。制敌枭雄,工农领袖,逐鹿中原舞赤旌。除迂草,革陈规旧制,建国昌兴。

江山从此安宁,改面貌维新步世惊。举镰刀斧子,高屋筑舍,神鞭画笔,阔域描城。火箭飞船,遨游广宇,万众同心卫疆营。经年里,创繁荣鼎盛,再领航程。

【作者简介】

陶其骖,中国书画学会副主席,《中华辞赋》社会员,人力资源与社会保障部中国人才研究会艺术家学部委员会委员,画圣吴道子艺术馆名誉馆长,中国书法艺术研究院特聘书法家,东方美术研究院客座教授,《东方书画人物》杂志书画专业委员会委员,江西省诗词学会会员,中国散文学会写作中心创作员,驻华使馆国礼书画师。诗词作品多次获奖,在各种报刊发表诗词300多首,入编《中国当代千家诗》及多种诗词专辑。

满江红·党旗

王兴一

九秩风云,经纬里、穿梭记忆。泛红处、硝烟抖擞,号音飘逸。酝酿南湖凝曙色,簇拥宝塔拥晴日。指沧溟、挥舞遍神州,江山碧。

割新蠹,银镰疾。敲残瘴,金锤熠。把云魔荡尽、陋年陈迹。针脚才缝春步履，珞璎又绕花消息。后来人、高举宇寰中，舒胸臆。

【作者简介】

王兴一，男，山东昌邑市人。中华诗词学会会员，陕西诗词学会、散曲学会理事，陕西电力诗词学会副会长，咸阳诗词研究会常务副会长，《咸阳诗词》副主编。

满江红·贺建党九十华诞

田鑫

党业巍巍，回眸处，神州净洁。擎赤帜，丹心永在，壮怀犹烈。九秩征程功与绩，千秋鸿卷云和月。莫等闲，信念记心头，情真切！

风雷起，今日越，行特色，迎皓月。看江山如画，歌飞人跃。亿万豪情书史册，为民奉献心中悦。瞻未来，民族步新途，惊天阙。

【作者简介】

田鑫，男，1971 年 12 月生，大专学历。河北省张家口市诗词学会会员，张家口市楹联学会副会长，怀安县诗联学会会长。

清平乐·思源

曾日友

时和世泰。政善人心快。特色中华凝内外。改革光辉永载。

饮逢九秩华筵。全民庆祝空前。社会文明幸福，清平饮水思源。

【作者简介】

曾日友，男，1949年生。原湖南省浏阳市张坊区供销社副主任，经济师，中华对联文化研究院研究员。

满江红·庆祝建党九十周年

李怀玉

华夏大地，飘扬着，鲜艳红旗。同心赞，九十春秋，丰功伟绩。翻身解放过崛起，改革开放顺民意。看科学发展得人心，硕果巨！

宏图展，任务艰；团结紧，齐努力。为江山永固，反腐倡廉。同心同德朝前奔，治党从严强社稷。待海峡两岸统一时，同欢聚。

忆秦娥·鲜红党旗

戴惠林

彩霞灿，鲜红党旗迎风展。迎风展，九旬华诞，五洲同欢。

小康建设城乡变，和谐社会如春暖。如春暖，富民强国，百花争艳。

【作者简介】

戴惠林，男，1932年生，湖北省麻城市人。历任麻成市财政局科长，市总工会部长，市司法局工会主席。

满江红·民族魂

——纪念中国共产党诞辰九十周年

张富春

老泪横流，伤恸处，湘江英烈。闭双眼，万千悲绪，绕萦难灭。先哲今朝会玉宇，颂扬往昔英豪节。涅槃凰，壮史谱人间，光日月。

民族魂，烈士血。凌云志，千秋业。万里长征路，岂容停歇。奋进年年丰果累，忠诚代代宏愿接。待明朝，共产志圆酬，慰英烈。

江城子·中国共产党建党九十周年感赋

刘 俊

红星湖上起飙狂。上井冈，义南昌。唤起工农，古国几沧桑。为救中华行万里，爬雪岭，过藏康。

延安塔下战开张。抗倭忙，地天长。直捣南京，白日遣台蒋。北斗启明天上梦，新征路，赤旗扬。

【作者简介】

刘俊，蒙古族，内蒙古人。中华诗词学会会员，内蒙古诗词学会会员，乌兰察布诗词学会名誉主席。从事政法、行政等工作。热爱古典诗词，闲暇时学诗赋词。有诗选《黑马》、著作《论语·诗悟》问世，在《中华诗词》、《草原》、《内蒙古诗词》等刊物发表作品多篇。

沁园春·新华颂

——为中国共产党建党九十周年而作

黄 薇

万里江山，嵌宝镶珠，迸彩耀辉。自雄鸡唱晓，乾坤朗朗；醒狮昂首，华夏巍巍。锤锻纯钢，镰收金谷，铁马钢枪抖虎威。昭昭日，纵阴霾曾蔽，不减金晖。

神州大地春回，引紫气东来仙鹤飞。看邓公开泰，山川铺锦；金瓯再补，港澳双归。一代天骄，九州豪杰，共筑中华鼎盛碑。鹏翼展，欲腾空九万，摘斗拿魁！

【作者简介】

黄薇，女，1979 年生，籍贯沈阳。就职于黑龙江省齐齐哈尔市碾子山区人民法院。发表多篇调研文章及学术论文。1999 年加入齐齐哈尔市诗词楹联家协会，诗词作品发表于《中华诗人风韵录》、《长白山诗词》等刊物。

江城子·党徽颂

罗友谅

百年近代雾茫茫，看国邦，体鳞伤。万里凋零、无处不凄凉。劳苦工农同聚力，齐奋起，党旗扬。

镰刀紧握向豪强，跃山冈，战城乡。高举锤头、遍地武装忙。面对党徽曾立誓，求解放，举国强。

【作者简介】

罗友谅，现任天津冶金轧一钢铁集团党委常务副书记。

桂枝香·建党九十周年喜赋

黄大斌

高楼展目，正故国寒冬，南山凝绿。曾奋红旗历练，忆思盈腹。征轮歇浦行程起，迓风涛，九旬年足。井冈星火，延安丽日，柏坡新局。

念畴昔，悲欢叠续。喜离线航船，舵手匡复。改革卅年崛起，锦花团簇。欣昭史镜明前路，总关情，卧里箫竹。赤旌高举，云帆济海，凯歌冲旭。

【作者简介】

黄大斌，广东普宁人。1930年生于马来西亚槟榔屿。中华诗词学会会员，中国华侨文艺家协会会员，广东省揭阳市揭阳诗社副社长，普宁市铁峰诗社社长。有诗集《怀薰集》、《抚裘集》、《扬刚集》和文集《向晖集》出版。

水调歌头·长夜盼天明

张 恂

长夜盼天明，救星诞红船。犹如平地惊雷，革命卷巨澜。领导抗日救亡，推翻封建制度，浴血三十年，砸碎旧世界，神州换新天。

抓建设，施仁政，谋发展。以民为本，执政宗旨记心间。坚持特色道路，实行改革开放，经济翻几番。丰碑永不朽，中流砥柱坚。

【作者简介】

张恂，男，1949年9月生，重庆市潼南县人，大学专科文化，中共党员。1979年参加教育工作。历任教师、小学教导主任、中学教导主任、中学校长等职。酷爱文学，尤喜诗词。

联

楹联一

何金树

金砖铺富路,看五岳腾飞,卅二年岁月流光溢彩;
椽笔绘蓝图,喜三春烂漫,九万里山河似锦如花。

【作者简介】

何金树,男,43 岁,初中文化,广西兴业县石南镇东山村三组农民。楹联爱好者,现为广西玉林市诗词学会会员。

楹联二

卢延任

东方日丽,禹甸民欢,赤帜锤镰辉九秩;
南国春融,尧疆物阜,神州黎庶颂三中。

【作者简介】

卢延任,1936 年生,广西藤县人,中共党员。1959 年毕业于广西贵县农校，高级农艺师。历任藤县示范繁殖农场场长、县农技中心站站长，西安科技情报所所长，县科委副主任等职。爱诗联，诗词作品多次获奖。部分作品入编《中国历代名诗品鉴》、《毛泽东颂诗大典》等典籍。

楹联三

陆德昌

万里长征汇铁流，看高天云起云收，赤胆报国谁亮剑？
九旬伟业垂青史，任大海潮来潮往，春风作伴我扬帆。

【作者简介】

陆德昌，男，1951年4月生于江苏无锡，汉语言文学专业毕业。现为中国民间文艺家协会会员，江苏省楹联研究会会员，无锡市太湖谜联社副社长。

楹联四

黄立溢

暗夜本无边，赖我党举起锤镰，划破长空，九秩同心迎紫日；
神州承再造，看今朝腾飞经济，讴歌伟业，千秋矢志向红旗。

【作者简介】

黄立溢，广东省珠海市人，现年39岁。广东省楹联学会成员。

楹联五

雷博

伟业何艰！忆延安灯火、战地硝烟，九秩风云标虎榜；

朝阳正起！喜衣食无忧、民生有幸，千秋岁月舞龙头。

【作者简介】

雷博，男，39岁，陕西合阳人。现任陕西省渭南市楹联学会副会长、合阳县楹联学会会长。楹联作品多次在专业书籍报刊上发表，楹联、论文多次荣获各级表彰奖励。

楹联六

林小然

远溯南湖，看一群有志人，十二变成八千万；

齐朝北斗，是百姓开心日，九旬走好三步棋。

【作者简介】

林小然，中国楹联学会会员，广西楹联学会副会长，岑溪市楹联学会会长。参加全国级楹联大赛获等级奖以上达150余次，有近20件作品被全国各地著名景区及寺宇入刻选用。

楹联七

刘荣根

为信仰牺牲,为人民服务,赤子情怀酬赤县;
让山河焕彩,让岁月生辉,先锋事业继先贤。

【作者简介】

刘荣根,中国楹联学会会员,中共江西省南昌市委农工部干部。

楹联八

罗中寿

泛南湖七月清波,纵目来寻,九秩风涛收笔底;
致北斗双联敬意,抬头仰望,千程锦绣亮襟前。

【作者简介】

罗中寿,汉族,男,62岁。广西柳州市一中高级教师。多次在全国征联赛获奖,入选入编百多副联。

楹联九

马开民

唱红歌，胸盈正气；
书廉字，笔走清风。

【作者简介】

马开民，男，汉族，1979 年 8 月生，河南省虞城县人。初中数学教师。喜爱诗词歌赋，对联、诗词常获各种奖项。

楹联十

苏纪利

华诞九旬，谁持彩练当空舞；
锦程万里，我唱美声给党听。

【作者简介】

苏纪利，男，1958 年生，山东省蒙阴县人，现为甘肃省玉门油田高级工程师。中国楹联学会会员，楹联迄今在全国获奖 200 余次。

楹联十一

徐维强

忆当年，星火起南湖，烟雨楼头，把锤镰砥砺，终是红旗戡乱世；
看今日，盏觞斟北斗，和谐赞里，将马列更新，还凭惠政谱清歌。

【作者简介】

徐维强，男，1979年生，甘肃漳县人，现就职于兰州市保安服务总公司。平素喜诗文书画，自2010年10月份起开始尝试楹联诗词参赛，投稿过百，获奖三四，工作之余，聊以相娱。

楹联十二

周继勇

从谋解放而迎开放，九秩华龄一卷诗，惟政党布篇，锤镰敲律；
自促中兴俱见复兴，八方胜景千张画，任人民调色，锦绣蘸情。

【作者简介】

周继勇，男，1962年10月生，汉族，中文本科毕业，公务员。中国楹联学会会员。从20世纪90年代初开始学习写对联，偶有联作公开发表、入选书籍或于景点刻制悬挂，并坚持参加各地征联比赛，至今有500多副对联获各类奖项。

楹联十三

刘光和

焉能忘上海星云，南湖烟雨，驱暗夜，激春雷，北斗引红船，龙人不再迷航向；

正信步和谐境里，发展潮头，国图强，民奔富，东方悬丽日，暖意从来伴党旗。

【作者简介】

刘光和，男，吉林省白山市楹联学会理事。自幼喜爱古典文学。2008年开始正式接触对联、诗词的创作。作品曾被联合国收藏，在西安古城墙等几十个景区景点镌刻或悬挂。

楹联十四

刘志刚

昔日农村播火包围城市，党旗飘，军旗舞，锤镰举上井冈，更血洒长征路，星耀延安，黄河颂里雄师跃，打土豪，分田地，驱倭寇，推翻三座大山，继两弹升空，飞船访宇，改革续鸿篇，兴科学而谋发展，百族相亲，齐步小康，崛起神州光马列；

如今城市联乡反哺农村，民事盛，国事隆，歌乐扬于天下，喜心开共富花，龙腾世界，幸福谣中伟业昌，行善政，立强邦，泽苍生，圆了千年旧梦，看四方流彩，碧野闻箫，家园舒画卷，著文明以创辉煌，九旬同庆，再描美景，和谐社会慰英贤。

【作者简介】

刘志刚，男，46岁，现任甘肃省崇信县人大常委会副主任。中国楹联学会会员，华夏诗联书画研究院研究员，中华对联文化研究院研究员。著有《龙泉逸韵》、《汭声集》、《诗情联韵龙泉寺》等诗词联文集6部。楹联作品入选当代《百家联稿》丛书。

楹联十五

王绍伟

谁持彩练激凤翼？万里飞歌，九旬焕景；

党献丹忱点龙睛，今朝破壁，来日凌云。

【作者简介】

王绍伟，男，山东枣庄人，1973年生，楹联业余爱好者。

楹联十六

罗瑞添

猎猎红旗，庆党诞，忆南湖棹起，星火燎原，热血拯民生，九秩丰功垂宇宙；

悠悠青史，看神州，喜北斗华开，黎元戴德，鸿图规国计，卅年特色壮山河。

【作者简介】

罗瑞添，男，1945年生，广东佛山人，大专文化。有《瑞添诗文集》。

楹联十七

方鸿

义举南湖九秩荣，国喜昌隆，当惊世界；
功昭北斗千秋寿，民沾盛德，恭祝镰锤。

【作者简介】

方鸿，男，汉族，1945 年 12 月生，湖南岳阳人，毕业于湖南建筑工程技术学院。现为湖南省岳阳市诗词协会理事。喜文学，尤其喜爱诗词、楹联艺术，多篇作品在国内诗词刊物上发表，多次在国内诗词大赛中获奖。有《三山轩诗文集》（第一辑）问世。

楹联十八

胡小敏

党开九秩鸿篇，富国强民，功昭日月恩长在；
我举一樽美酒，放歌祝嘏，心向锤镰志不移。

【作者简介】

胡小敏，女，1966 年 3 月生，江西省修水县人，毕业于九江师范学校。目前在中核金安铀业有限公司修水铀矿从事财务工作。中国楹联学会会员。

楹联十九

王世侠

九旬岁月峥嵘，看国盛党兴，五岳之巅，闲指点风光大好；
百族和谐浩荡，喜民殷财阜，三江之上，漫逍遥幸福更多。

【作者简介】

王世侠，男，山东省淄博市人。中国楹联学会会员。多次在全国对联大赛中获奖。

楹联二十

王永江

是领航舵手，是指路明灯，沐雨栉风，万众齐心跟党走；
唱革命精神，唱春天故事，一呼百应，九州遍地踏歌行。

【作者简介】

王永江，29岁，山东人，毕业于北京科技大学。中国楹联学会会员，《对联》杂志下半月刊编辑，获中国楹联学会中华对联文化研究院颁发的对联创作奖，多次征联获等级奖。

楹联二十一

温晓娜

激情涌浪潮，展新富画图，百业争添彩；
为党过生日，奏响优旋律，万人竞秀红。

【作者简介】

温晓娜，女，37岁，古诗词、楹联爱好者。曾有作品在烈山炎帝殿被书写、镌刻展示，有多件作品获得各种奖项。

楹联二十二

文伟

碧血染黄花，到如今九秩华辰，满目和谐缘北斗；
丹心著青史，愿此后千秋国祚，一船烟雨溯南湖。

【作者简介】

文伟，号一散人、七楼往下飞，重庆人。在国内外各类应征楹联赛事中，多次获奖。

楹联二十三

谢　毅

九旬风雨兼程。忆旗开沪上，师会井冈，遵义拨云，延安擎炬。征腐恶，奋锤镰，抗倭血溅太行，驱蒋霞辉钟阜。天翻地覆，浩浩煌煌，共和国壮丽诗篇，时代强音作序。看三山倾倒，四海升平，亿众始扬眉，先辈功高铭鼎鼐。

卅载关河簇锦。喜业展宏图，邦兴特色，神舟翔宇，京奥燃情。铸康宁，归港澳，街市霓虹绚彩，田畴稻菽铺青。柳暗花明，葱葱郁郁，新世纪恢弘画卷，昊空朗日钤章。益砥砺清操，秉怀赤胆，五洲惊刮目，后贤志远续春秋。

【作者简介】

谢毅，中国楹联学会理事，辽宁省本溪市楹联学会会长。

楹联二十四

张贵祥

追忆南湖，九旬岁月峥嵘，一帆辉煌惊世界；
仰瞻北阙，万里河山壮丽，五星灿烂耀中华。

【作者简介】

张贵祥，男，1949年生，山东单县人。中国楹联学会会员，山东省楹联艺术家协会理事、评审委员会副主任，单县楹联学会副会长兼秘书长。传略、作品收录于《中国当代楹联艺术家大辞典》、《中国对联作品集》等典籍。

楹联二十五

赵继杰

于风云里诞生，众志兴邦，红旗指处金瓯固；
在水火中崛起，九州浴日，大业酬时热血腾。

【作者简介】

赵继杰，男，1994年生，安徽太和人。安徽省楹联学会会员、民俗学会会员。在全国性征联中共获奖70余次，在《对联民间故事》下半月刊共获奖20余次。

楹联二十六

孟广祥

赴万里长征，看红星照耀中国，力驱暗夜迎朝日；
逢九旬华诞，喜赤子振兴大业，尽捧丹心寿母亲。

【作者简介】

孟广祥，男，1953年生，北京顺义人，中学高级教师。中国楹联学会会员，中华对联文化研究院研究员，现供职于北京现代职业技术学院《现代风》编辑部。

楹联二十七

黄永俊

九秩旗扬，唤醒家山，高举锤镰兴伟业；

卅年雨润，升腾国力，长留碑鼎铸殊勋。

楹联二十八

陈自如

万里江山铺白纸，由“一大”命题，解放切题，改革点题，已写出小康新作；

九旬岁月拨长弦，凭“三中”转调，繁荣入调，和谐定调，又弹成盛世凯歌。

【作者简介】

陈自如，男，1962 年生。汉族，安徽枞阳人。中国楹联学会会员，诗联文作品曾在全国性大赛中获得等级奖 200 余次。

楹联二十九

阙东明

忆九十年前长夜，欣“一大”领航，雾渐消，天渐亮；

步八千云外新程，自“三中”转轨，春常驻，梦常圆。

【作者简介】

阙东明，1967年生，湖北广水市人。中国楹联学会会员，中华诗词学会会员，湖北省楹联学会常务理事，广水市文联副主席，广水市诗联学会副会长，《广水诗联》执行主编。编著颇丰，有大量诗联作品发表。

楹联三十

彭志平

回眸历史，慨几番坎坷、几番风雨，俱往矣。喜今朝：奥运增光、世博驰名，更嫦娥探月、神舟遨宇，最是和谐翥风、发展腾龙，百业竞兴隆，民富国强欣舜日，引来百族凝心，九秩辉煌功唱党；

放眼山川，有遍野晴明、遍野氤氲，可歌兮！看画境：金莲带露、紫荆吐艳，况五岳飞霞、三江泻玉，堪夸壮志改天、豪情换地，万方披锦绣，河清海晏乐春时，赢得万邦瞩目，千秋鼎盛气如虹。

【作者简介】

彭志平，男，中学教师。中国楹联学会会员，江西省诗词学会会员。有多件诗词联作品发表或参赛获奖。

楹联三十一

宋贞汉

九秩如江，屡经陡急狭弯，奔腾卷起千堆雪；

十方沐日，遍有芬芳红紫，烂漫铺开一片春。

【作者简介】

宋贞汉，46岁，中学语文高级教师。中华诗词学会会员，中国楹联学会会员，安徽省楹联学会理事。

楹联三十二

雷　鸣

忆红船启棹南湖，斩浪劈波，壮阔航程辉九秩；
喜赤子燃情中国，披肝沥胆，和谐社会耀千秋。

【作者简介】

雷鸣，男，“八〇后”，上海工作，业余习联。

楹联三十三

林　容

信仰开篇，爱民执政，峥嵘九秩民心系；
锤镰扬帜，入党奉公，清正一生党性彰。

【作者简介】

林容，女，57岁，广东省茂名市人，小学高级教师。广东省茂名市诗词楹联学会会员，电白县楹联学会会员、电白县诗社社员，在全国性征联征诗大赛活动中多次获奖。

楹联三十四

林玉新

青史铸丰碑,世上百年,道义篇中江水碧;
丹心织壮锦,人间九秩,锤镰旗下楚天春。

【作者简介】

林玉新,男,56岁,大学学历,1972年12月参加工作,现任中建七局医院党委书记、高级政工师。

楹联三十五

宋柳根

镰开天地,唤起工农千万,枪林弹雨,浴血抗争,夺取政权艰与险;
斧造河山,踏平坎坷万千,换斗移星,齐心奋战,建设祖国苦和荣。

【作者简介】

宋柳根,笔名柳根,1949年9月生,陕西师范大学中文系毕业。中国楹联学会理事,陕西省楹联学会联络部长,西安市楹联学会会长。酷爱文艺,创作诗词、散文、评论、小说、报告文学、楹联等,散见于媒体。

楹联三十六

欧阳旦生

九秩丰功惊世界；
千秋伟业壮炎黄。

【作者简介】

欧阳旦生，男，中国楹联学会会员，湖南省湘潭市楹联家协会理事。

楹联三十七

吴克荣

九秩颂辉煌，难忘怀渣滓洞中，红岩村里，丹心碧血；
千秋为大任，常思忖南湖船上，延水河边，赤胆蓝图。

【作者简介】

吴克荣，男，1940 年生于江苏省东台，中学高级教师，现居美国。

楹联三十八

张　齐

一生沥胆披肝，赤手何妨，赤血何惜，惟愿赤旗飞赤县；

九秩栉风沐雨，青山无恨，青春无悔，永留青史照青天。

【作者简介】

张齐，男，1988 年生，湖北襄阳人，现就读于兰州大学文学院，喜爱古典诗联创作，在各级各类比赛中多次获奖。

楹联三十九

姚金生

九秩探求，六旬砥砺，共步康庄，千杯美酒抒襟抱；

五星旗灿，两岸春融，同登衽席，十亿龙人挺脊梁！

【作者简介】

姚金生，47 岁，中国楹联学会会员，福建省诗词学会理事，福建省南平诗联学会常务理事、《南平诗联》义务编辑，多次在全国诗联大赛中获奖。

楹联四十

祝大光

禹甸梳妆，铺锦添花，九旬锦绣谁裁出？

民生若蕾，当春展瓣，万里春风党引来。

【作者简介】

祝大光，1968 年毕业于武汉大学。中国楹联学会会员，湖北省楹联学会顾问。在全国性征联大赛中获等级奖 100 多次。作品悬挂或收藏于南京总统府，南昌滕王阁，武昌首义碑林，西安古城墙，秦始皇兵马俑，河南“七星拱月”墓园，南阳古县衙，山东古贝春集团，阳江冼夫人纪念馆，随州炎帝神农大殿，赣州五龙客家风情园等地。

楹联四十一

王志滨

雨霁南湖，忆隐隐风雷，晃晃镰锤，七月红船成巨舰；
日升东海，照巍巍峰岭，煌煌功业，九旬赤帜卷长天。

【作者简介】

王志滨，男，1966 年生。中国楹联学会会员，黑龙江省楹联家协会理事。

楹联四十二

罗大勇

启南湖一艇，树红旗，化狼烟，改换江山万里；
播春雨九旬，兴科技，开富路，刷新历史千年。

【作者简介】

罗大勇，男，1965 年 8 月生，湖南岳阳人。大学文化，高级教师。中国楹联学会会员，湖南省岳阳市楹联学会会员，巴陵诗社常务理事，岳阳县楹联学会副会长兼学术评审委员会主任，毛田诗联协会副会长，《诗联合璧》执行主编。自著有《清风吟草》。

楹联四十三

曹树造

《国际歌》“起来！起来！”，唤醒人民百万千，革旧洪涛惊世界；

《义勇曲》“前进！前进！”，激情赤子十三亿，兴邦热浪震中天。

【作者简介】

曹树造，男，现年75岁，中共党员，退休干部，原湖北省阳新县计划委员会副主任；现为中华诗词学会会员，湖北省诗词学会会员，阳新县富川诗社理事。

楹联四十四

田庆友

南湖夜月引红船，锤镰焕彩，星火燎原，九秩历沧桑，建国建业宏图展；

北斗光芒辉赤县，莲蕊飘香，荆花吐艳，双归迎港澳，载舞载歌盛世兴。

【作者简介】

田庆友，男，1970年10月生，辽宁凌海人，大专文化，就职于凌海市民政局。中国楹联学会会员。

楹联四十五

钟胜天

忆往昔，劈三山，缚苍龙，靠锤镰引路，开创千秋伟业；
看今朝，兴四化，谋发展，凭宗旨凝心，续书九秩新篇。

【作者简介】

钟胜天，中国楹联学会会员，湖南省楹联家协会理事，常德市楹联家协会副主席，桃源县楹联家协会会长。

楹联四十六

黄文彬

南湖风起，帆悬九秩，舵转乾坤，红潮七月连天涌；
赤县日升，光照十方，冰融海宇，金鼓一声动地来。

【作者简介】

黄文彬，男，1961年8月生，中共福建省南靖县委党校副校长。中国楹联学会会员，从事诗歌、歌词、楹联的业余创作。诗联作品入选《中国对联二十年(1984—2004)作品选》等。著有个人诗联作品选《雅梦集》。

楹联四十七

王　煦

问今询古,上下五千载大梦谁惊,铸华夏脊梁,喜锤镰共振;

揭地掀天,沧桑九十年丰碑独树,偕彩虹风雨,伴世纪同行。

【作者简介】

王煦,山东省济宁市诗联学会理事,鱼台县诗联学会副会长。

楹联四十八

李甫平

从神州黑夜走来,经九十年鼎成大事两桩,曰建国、兴国;

在世界东方屹立,越万千载不易真言四字,乃亲民、富民。

【作者简介】

李甫平,男,1958年4月生,湖北省通城县人,现任中共通城县委副书记。中国楹联学会会员,湖北省作家协会会员。出版有个人诗集《走进早晨》、个人楹联集《走进春天》。

楹联四十九

赵久生

传承马列，凭进取之心，宣庄重之言，实现民族伟大复兴，斩钉截铁；
砥砺锤镰，以拼搏之力，拓富强之路，迎来华夏和平崛起，名就功成。

【作者简介】

赵久生，1961 年生，1980 年入伍，毕业于空军第一航空学院，服役于空军某部，少校军衔。1997 年转业，现从事旅游工作。

楹联五十

宋　领

历南征北战，举红旗，拯苍生，卅年奋斗终圆梦；
祈民富国强，播春雨，施善策，九域繁荣续赞歌。

【作者简介】

宋领，47 岁，河北省成安县文联秘书长兼县诗联协会常务副主席，中国楹联学会会员，河北省楹联学会理事，河北诗词学会会员，邯郸市诗联协会常务理事。联作编入《百家联稿》第 12 卷。

赋

旗耀汶川赋

黄 奎

承蒙党的英明领导，汶川灾区灾后重建勋绩辉煌，举世钦赞。今岁，恰值九秩党庆及汶川地震三载纪念，愚不胜感慨而赋之。词曰：

党旗飘飘，乾晖灿灿。灾未平复，中央瞻远制策；患正根除，领袖擂鼓扬帆。[1]搭台以唱大戏，泼墨而绘画卷。[2]兄弟应命拓荒，姊妹奋袂施援。[3]帐扎羌山两翼，骏驰岷江沿岸。[4]借脑用智，筑复兴之宏构；设防减震，著科技之雄篇。[5]纳“四新”以奠鸿基，秉“三高”而扶乡贯。[6]输血与造血并举，硬件同软件竞妍。环保、低碳、节能，创新以破瓶颈；整合、转化、提升，尽善而酬宏愿。时览阵势，气贯苍玄。机声隆隆，加进度追风赶浪；热火腾腾，搞竞赛拼命争先。轻伤不下火线，何惧蚊叮虫咬？虎贲勇肩重任，忘却暑酷冬寒。叩心弘毅争做优质工程，披星赶日共摅瑰丽诗篇。灾区恰如川剧变脸，荒丘变身秀美故园。蓄水以除旱魃，驾龙而织芳甸。[7]水磨镇迁厂换貌，生态城兴旅呈璠。[8]映秀经山洪之洗礼，新镇抗泥流而靖晏。[9]北川避害迁建永昌，羌城铺锦巍立河滩。[10]优化产业结构，遥看成就敷显。[11]桥牵秃岭，棚亮青川，筑产业化基地，喜食用菌丰产。[12]穿枋斗拱吊脚楼，粉墙金瓦藏式房，白脊青瓦人字顶，羌雕古楼桃花轩。[13]遗址保护区，整容以供凭吊，震中纪念地，寓教兼顾训演。[14]拯年画于危难，[15]兴刺绣而雕焕。助建动力支撑，拓宽发展空间。[16]两载迎风斗雨，援建提前复命；万民驭波鼓棹，续建殚精洒翰。[17]情励天府奋发，恩载景物弘宣。[18]

党旗飘飘，乾晖灿灿。抗震救灾，必有党组开路；纾难攻坚，定有党员在前。[19]特殊党费为党旗添彩，大爱精神为红星增艳。[20]率大军乎冲阵，迎劲飙而亮幡。[21]越岭尽瘁，舍己奉胆。[22]自强彰英雄本色，复兴令宝山腾骞。[23]抢时以避泥流，拯民而出危峦。[24]"板房书记"除困解忧，"拼命三郎"折腿争冠。[25]率农筑墅，茶坪联建开先河；兴旅入股，经营连锁拓新天。[26]沥血以献忠贞，负病而筑城垣。[27]抢险铁骨铮铮，报国赤心粲粲。[28]党肩重托，民寄厚望，奉人以甜香，留己以苦酸。蜀水长吟崇崇威仪，汶山见证铿铿誓言。

党旗飘飘，乾晖灿灿。恢复提升迈崭新步伐，凤凰涅槃成天下奇观。[29]巨患屈从意志，无量宏徽铸"四最"丰碑；雄心丈量奇迹，"五大"邦绩腾万丈光焰。[30]重建神速解难题，昭仰西方列强；再生跨越羡欧美，翘指凡尘冠冕。[31]纵览青史，可见此类绝唱？放眼海外，为何华夏独璨？

煌煌乎，党恩耀世；熠熠乎，惠政泽川。立党为公，方能倾囊付出；盛世勃兴，犹可聚力策援。[32]爱国能量如原子裂变，政党治绩令海内震撼。今献哈达，敬奉三春硕果，祝母亲永寿；特挂羌红，讴歌不朽精魂，踏跃进鼓点。[33]党旗艳艳永放异彩，华夏昂昂傲立宇寰。

【注　释】

[1]前指国务院制颁汶川灾区恢复重建条例及对口支援方案，后指党和国家领导人亲临灾区指导。

[2]中央总体规划确立"三年基本恢复，五年发展振兴，十年全面小康"恢复重建目标。

[3]前为中央指定的18个对口支援省市，后指主动参与的内蒙古、海南、青海三省（自治区）及贵阳市。

[4]羌山指地震断裂带300公里长的龙门山。全国20多万人参加灾后援建。

[5]灾区所有建筑请国内外建筑大师、抗震专家及著名高校设计。灾

区民房、公共设施抗震设防分别在7至8级。

[6]四新,新理论、新结构、新材料、新工艺。三高,高起点规划、高标准施工、高速度建设。

[7]援建方为汶川铺设122公里引水管道,维修20公里灌渠等。

[8]震后迁厂数十个,利用丰富人文资源建西羌旅游名镇,成为国家4A级景区。援建工程被联合国评为"全球灾后重建最佳典范"。

[9]2010年8月映秀新镇遭特大山洪而经受了考验,被评为现代抗震建筑博物馆、防震减灾示范区及恢复重建样板。

[10]永昌镇为胡锦涛亲自命名。新城屹立安昌河畔。

[11]北川县2010年国民生产总值是震前的10倍。

[12]援方为青川筑桥150多座并扶植食用菌生产,2010年总产值2.6亿多元。

[13]世誉羌藏村寨为"世界灾后重建的灯塔"。

[14]纪念体系由4个地震遗址区组成。

[15]援建方为绵竹年画村修年画传习所兴传统产业,该村成国家4A级景区。

[16]援建方为什邡建社会保障、文化教育、空间发展、产业引导支撑体系。

[17]2010年9月灾区援建实现"三年重建任务两年基本完成"目标。

[18]灾区诸多建筑或公共设施以感恩特色的名字命名;广元市将每年5月定为感恩月。

[19]1万多支党员突击队、服务队、先锋队等战斗在重建一线。

[20]全国党员自愿缴纳特殊党费97.3亿元支灾。

[21]茂县5000名党员在重建一线喊响"我是党员、向我看齐、对我监督"的口号。

[22]援建汶川干部邱衍庆1月内连动4次脑瘤手术,他执意跑遍所有乡镇,完成702个项目计划而病逝。

[23]地震将有40亿集体资产的彭州宝山村摧毁,支书贾正方带村民自救复产,2010年工农业总产值达25.3亿元。

[24]2010年8月绵竹清平乡党委因事先预警防范转移,将3倍于舟

曲的泥石流灾害损失降至最低限度,世赞“清平经验”。

[25]前指北川任家坪干部贾德春,后指援建汶川干部张彤。

[26]都江堰茶坪村联建兴旅。联建即吸引社会资金投资重建项目,农户用宅基地与人联建住房。

[27]此为援建中病逝的北川新县城建设组长崔学选。

[28]此指病逝的原汶川县委常委王继红。震后半月他协调安全转移3万多灾民。

[29]灾区经济总量大幅提升,发展速度超过震前;工业化程度明显提高,产业结构优于震前;城镇居民人均收入超过震前,实现家家有房住、户户有就业、人人有保障、设施有提高、经济有发展、生态有改善的目标。

[30]四最:最漂亮的是民居,最坚固的是学校,最先进的是医院,最满意的是群众。五绩:城乡居民住房条件显著改善、公共服务设施水平大幅度提升、基础设施保障能力明显提高、产业发展实现再生性跨越、精神家园得到了同步重建。

[31]日本阪神地震用10年时间重建,美国新奥尔良遭风灾6年后仍有大量灾民流浪。联合国将“汶川经验”纳入对华2011—2015年发展框架。加拿大原总督说:四川树立了世界灾后重建的典范,你们宝贵的经验可以在世界推广。

[32]四川灾区3年重建投资3万亿元,为改革开放以来投资之总和。

[33]灾区以3年恢复重建伟大成就向党的90大寿献礼。精魂乃抗震救灾及灾后重建精神。

【作者简介】

黄奎,字子玉,笔名牧风,四川资阳人。发表诗歌、辞赋、散文、杂文及文史研究文章200多篇。现为中华辞赋家联合会理事及特邀编委,《中华辞赋》社会员,中国近现代史史料学会会员,四川省作家协会会员,四川省天府文学传媒艺术研究会会员,四川省江夏文化研究会宣传部长。

财政赋

孙 政

殷殷寰宇，星分参井。泱泱华夏，部门列同。为国之命，孰执重任？万事之本，膺属财政。[1]栉风沐雨，积“九州”涓流终成大海；胼手胝足，理“五服”之财以促和谐。[2]夫财政者，人民福祉所系，国家命脉枢机。

江河行地，日月经天。抚绪海内，史籍昭然。思绪渺渺，感慨端端。一部财政史，阅尽千年兴替；百秩风雨路，浸洇岁月峥嵘。夏“贡”、商“助”、周“彻”[3]，税赋伊始，四千年史册犹存；“两税法”、“一条鞭”[4]，厘雍均赋，八百载唐章明典。商鞅、贾谊、王安石，绳愆纠谬，改制开新而毁誉参半；杨炎、刘晏、张居正，起衰振隳，举废饬弛亦褒鉴不一。淹至国民政府，贪腐成风，不关民瘼，暴敛横征。苛捐杂税，猛于虎患，民不聊生，生灵涂炭。病入膏肓，积重难返。俟东方破晓，神州换新颜。

嗟夫！瞻志史而思纷，咏古籍以逝叹；心昭昭而懔懔，志渺渺以怀远。

迓共和国成立，百废待兴，财政为保社稷安康，荡涤旧弊，戮力相鼎。宵旰图治，持之以恒。“划分税种”，“分级包干”，调整收入分配框架；“流转税制”，“工商税制”，税制改革异彩纷呈。高瞻远瞩，国地两税分而治[5]；功彪五岳，强化调控活力增。根治“三害”沉疴，农村综合改革跳出“黄宗羲定律”[6]；提高“两个比重”[7]，优化经济结构擎科学发展旌旗。部门预算、集中支付，财政改革精雕细镂；政府采购、投资评审，资金效益节节攀高。溯本源，整啸财税秩序；饬乱象，优化发展环境。燕巢幕上[8]，惊世界经济危机来袭，波涛汹涌；成竹在胸，看积极财政政策应对，狂澜力挽。引国际瞩目，世人惊叹。

固其本以求之长，浚其源而流静深[9]。拨乱反正，三十年改革开放，大鹏展翅迎风起；开源节流，八万亿琛币充牣[10]，国运昌盛仓廪实。财为庶政之母，财强弼成国盛，国盛而迭出胜景。青藏铁路，高原起蛟龙，彰显大国实力；三峡大坝，高峡出平湖，气若贯日长虹。西气东输，强我经济命脉;南水北调,润我华夏沃土。“神州”偕“嫦娥”齐飞,浩渺太空舒广袖;奥运与亚运并举,国际大赛升国旗。上海世博,五洲瑰异申城惊艳;中非论坛,四三首脑北京麇集[11]。世界维和,铁肩担道义;支援救援,慷慨大中国。

大厦嵯峨,集纳天地灵气;繁树葳蕤,庇佑华夏众生。琴瑟颤弦,春满大地,公共财政沐浴暤日光辉;云天会意,瑞盈阡陌,和谐社会引领普世梦想。三农气象好,田园别样新。农村税费改革,千朝“皇粮”今日免,惠农直补送田间。闾阎额手庆,农民齐欢忭。“阳光工程”圆梦想,财政扶贫雪中炭。“退耕还林”,山菁菁水潺潺,杨柳春风骀荡,心旷神怡消块垒;“万村千乡”,村幽幽民澹澹,商贾农桑舒颜,其乐融融赛阆苑。喜看广野丰穰,黍稷垂颖。畜鸣呦呦,长歌短吟。台榭笙歌,海晏河清。

民生财政,泽被苍生。以人为本,和谐共融。城市低保为下岗职工筑起“挡风墙”,农村低保给贫困人员撑起“保护伞”。“两免一补”、“双基”攻坚,助推农村教育;医疗救助、合作医疗,营造生命绿洲。广播电视“村村通”,提升农民文化生活品位;经济适用廉租房,纾解贫寒职工住房困难。重环保,构建城乡生态绿野;匡正义,襄助平安中国天网。

财政伟业,“人”字承担。财政文化,礼义耻廉。静以修身,俭以养德。顺德崇礼,言行循矩。圭璋之质,芝兰之气。理财守法,聚财遵法,用财依法,财经圭臬作准绳;知耻为廉,修隅为廉[12],奉公为廉,公明清廉铭于胸。大局、大气、大仁、大义,做人写好一“大”字;求真、求实、求精、求细,理财熟稔四求诀。

猗欤兮!

岁月嬴华,锦云天章;筚路蓝缕,铸就辉煌。抚今追昔,漫漫长卷已入诗话;博望长空,熠熠前程更似丹阳。科学发展,大纛飘飘;精细管理,高幖冀冀。体制改革,探经索纬。理财思路,务实清晰;奋进鸿篇,豪气干云;财政伟业,大方无隅。

正是:祖国昌盛,百业俱兴鹏展翅;财苑日丽,三阳开泰锦添花。

逢建党九秩大典征卷,秉短赋记伟绩于万一;愧才疏难颂财苑盛景,赖方家鼎作灿烂华章。

歌曰:大河汤汤兮东流去,伟途漫漫兮而今越;

鸿志涣涣兮乘凤翥,长歌泠泠兮吭正酣。

【注　　释】

[1]为国之命,万事之本,宋代苏辙“财者,为国之命而万事之本”。

[2]禹在治水的过程中,走遍天下,对各地的地形、习俗、物产,都了如指掌。重新将天下规划为九个州,即冀州、兖州、青州、徐州、扬州、荆州、豫州、梁州、雍州。并制定了各州的贡物品种。禹还规定:天子帝畿以外五百里的地区叫甸服,再外五百里叫侯服,再外五百里叫绥服,再外五百里叫要服,最外五百里叫荒服,简称“五服”。

[3]夏“贡”、商“助”、周“彻”,是夏朝、商代和周代收取的税赋的名称,是我国最早的税收。

[4]“两税法”、“一条鞭”,分别是唐相杨炎和明相张居正确立的税制。

[5]国地两税分而治,指1994年我国推行的分税制财政管理体制改革。

[6]黄宗羲是明末清初的一位著名思想家,他指出,封建赋税制度有“三害”:“田土无等第之害,所税非所出之害,积重难返之害。”意思是:不分土地好坏都统一征税;农民种粮食却要等生产的产品卖了之后用货币交税,中间受商人的一层剥削;历代税赋改革,每改革一次,税就加重一次,而且一次比一次重。学者将其概括为“黄宗羲定律”。

[7]提高“两个比重”,指财政收入占GDP的比重和税收收入占财政收入的比重。

[8]燕巢幕上,出自《左传·襄公二十九年》“夫子之在此也,犹燕之巢于幕上”。燕子把窝做在帷幕上,比喻处境非常危险。

[9][唐]魏徵《谏太宗十思疏》语:“求木之长者,必固其根本;欲流之远者,必浚其泉源。”

[10]指我国2010年财政收入突破八万亿,达到83030亿元。

[11] 2006年中非论坛北京峰会一共有35位国家元首,6位政府总理,1位副总统,1位副元首级的经社理事会主席,5位部长级的代表团团长参会。

[12]修隅为廉，廉隅喻人品端方，有志节。《汉书·元后传》："禁有大志，不修廉隅，好酒色。"

【作者简介】

孙政，男，1964年生，大专文化，中共党员。就职于河南省宁陵县财政局。河南省商丘市散文学会会员。有《蚌埠赋》、《商丘赋》和多篇散文获征文奖。

党旗赋

马铭清

夫天地不宣其德，万物恒亨；党旗不言其威，九域尊崇！况乃春潮暗涌，泽四海而昌隆；党旗高擎，庇九秩以清宁。仁人护鼎，持斧锤而为本；赤子化碧，裹党旗而为荣。盖党旗者也，煽燎原之星火，卷马列之飙风；染烈士之鲜血，树党国之图腾。熠熠兮蔽皓月以黯淡，烁烁兮辉大同之光明。于是乎，欣神州之溢彩，仰党旗之迎风，热血滚滚，酸泪盈盈。

遥思曩昔，天道衰微。虎狼群起而鲸吞，干戈纷争以浪摧。天维将裂，社稷濒危。金瓯散兮何日归，家园破兮焉可回？哀鸿呜咽，人神愤悲。幸乎沙俄枪声，睡狮初醒；南湖宣言，乾坤震颤。于是党人奋发，狂澜力挽，剑扫贼寇，足蹈烈焰。头颅抛，碧血溅，天狼灭，曙光现。嗟乎！若无共党之挥戈，恐华夏大地惟长夜之漫漫矣！

况乃是时也，党旗漫卷，河岳怒号。冒弹雨而慷慨，沐腥风则妖娆。无畏迅雷之滚，岂惧烈火之烧？熠熠兮流霞蒸蔚；浩浩兮血海涨潮。于是挥于黄洋之界，丧敌胆而赫赫；耀乎长征之路，傲风雪则佼佼。携国仇以砺志，与苍穹而比高。荡残逆则三载，换尧天于一朝。是以旗之举，功莫大焉！

然则旗也，无非党之象征；党也，实乃旗之命根。无旗党以何擎？无党旗之何存？党业昭昭，挥党旗以斩浪；党旗艳艳，领党业而破冰。忆昔大钊悲歌，燕市头断；靖宇殉国，濛江血染。周公安邦，呕心吐哺；裕禄救民，沥血披胆。及至近时，党人争先，抗击非典；壮士请缨，支援震难。红叶芳馨，长霞绚烂。血染党旗而愈红，魂归泉台而无憾。于是天灾若临，党人即现。筑党国之强基，实党旗之化身。党人若不绝，党旗必长存。是以党也者，非受命于天帝，实成就于党人。赢人之心，长固党之本；失人之心，空余党之称。

观夫惟今也，改革之潮，催生时雨；开放之策，巧绘画卷。港澳回归，得母亲之拥抱；台海眺望，盼骨肉之团圆。嫦娥奔月，神舟飞天。奥运梦圆，誉满寰宇；世博功成，光耀人间。夫党人之功也，旷古空前，岂三皇五帝可同日而语乎？

是以擎旗莫若先正党，正党莫若先正人，正人莫若先正心！党人正之，挺党魂之脊梁；党风正之，举党魂之目纲。党魂正之，必能天下归心，党旗高扬，历万劫而弥坚，荫黎庶以安康！

【作者简介】

马铭清，陕西省麟游县人。从2009年开始创作，诗词、辞赋散见于《中华辞赋》、《中国诗词》、《诗词》、《诗词世界》、《诗词报》、《中国诗赋》、《诗友》、《陕西诗词》、《深圳诗词》、《陕西日报》等。

春赋

——为中国共产党九十华诞书怀

陕何如

诗曰:长空矫雁任徘徊,紫苑舒枝蓓蕾开。胜火霞披萧索去,如蓝水蜿煦和来。盖夫混沌既久,必分星斗。寒辞暖临,孕命厚生。更容焕影,舞彩漫英。惠娟神秀,浩气飏情。极致其能事者是为春也。

呜乎!凭栏眺远,景幻形霓。敞襟放歌,山和水怡。温儒淑雅,不无鸟娱蝶钟。沁醇馥蕊,迷恋李白桃红。酣畅盎然,相约纷华次第。煜光流火,自当希满冀丰。夫难得悠哉,本色尽然矣!

拥石泽土,麓倩水灵。森涛草海,百哢千声。倜傥争腐,与时未雨绸缪。思荫及广,朝夕抑劣竞优。含辛吐哺,不馁孜孜索求。康泰昌明,梦想耿耿不休。堪誉义魄忠魂,风骚独领也。

嗟乎!闻鸡戴月,俯锌笃耕。殷实俭朴,纵菲赐香。荟殊萃异,尽管奉瑞呈祥。慰前颐后,稳操帛储粟藏。革芜垦殖,敢承谐和中庸。妩葱媚茏,恩泽婉转豪风。有道是"起在五更,计在三春"云云。

噫吁嘻!春潮维国,国运逢春。国盛春恒,斯民岂能不乐也哉?国之本,民之生。国之魂,兴之争。国之计,勤之系。国之安,家之欢。遂成其之美焉。今喜庆党辰,芳龄九旬,缠绵"春思",欣然至之。吟《兰陵王》云:梦春步,故里歌莺锦树。千重彩,风雨几场,碧海青山任凭塑。凌高铁脊铸。无数,英雄陨赴。惊寰立,殊道远谋,恁是虔诚夙情付。笃行缱春路。正万象争荣,丰硕盈圃。东风吹遍神州雨。看旧貌新绘,雍和秀慧,东西南北诵一赋。叹宾羡邻妒。

春姹,望常驻。续赶考文章,精答萦作。朝阳朗朗馨园富。赞活水堪净,绿枝难蠹。生机蓬勃,纪史鉴,热血注。

【作者简介】

陕何如，男，59岁，中共党员，山西省晋城市阳城县人。有诗词赋集《不罔涓溪入瀚河》及《阳城广播电视志》等。

七月放歌

郭素贤

单阏之朱明[1]，七月骄阳。众卉俱发，松柏齐荣。九十春光，党华艳呈。风习习而芳馨，云淡淡而澄清。揽草木而纷葩，美党华而妙英。扬光曜而璀璨，漫银汉而罗星。伟哉，光明而正确之中国共产党，以其纠纠雄风，奏响七月之节拍；以其浩然正气，调整七月之旋律。手持倚天剑，指画七月之征程；稳操彩练，舞动七月之长虹；高擎火炬，点亮七月之明灯；轻弹笙筝，招来七月之凤鸣[2]。

曾记否，浪遏飞舟。南湖红船，驱云破雾，播撒七月火种；八一枪声，划破黎明，掣动七月镝鸣；井冈翠竹，三湾改编，奠定七月峥嵘；遵义霞光，党旗漫卷，拨正七月航程。弹洞壁前，英烈倩影：刘胡兰，生之伟大，死得光荣。八女投江，威慑敌寇，巾帼英雄。五星旗下，铜墙铁壁：焦裕禄，鞠躬尽瘁，留泡桐长春。孔繁森，心系民族，一高原雄鹰。但见困难，党献忠诚。愈是艰险，党勇冲锋。南方冰冻，北疆遭洪，汶川地震，舟曲泥流。处处闪耀镰刀五星。

于是敬威名之声震寰宇，赞灵表之可歌可泣。共产党人，顶天立地。迎骇浪而不退却，过草地而不停蹄。探路于重峦叠嶂，求索于漫天荫翳。历遍艰险，无坚不摧，风风火火，所向披靡。

七月乃真谛诠释，孕意志之凝芳，含力量之奔放，展理想之飞翔。噫伟乎高哉，赞七月之辉煌，仰火炬之光芒，颂七月之灿烂，沐红湖之曙光。赞不尽之七月，写不完之颂诗。在七月蓝天下，我举起右手，重温党之誓词，接受新的洗礼。迎七月之骄阳，沿党指引方向：刀风剑雨不迟疑，千回万转不偏离。

【注　释】

[1]朱明,指夏季。公历七月即农历六月,取“朱明盛长,旉与万物”之意。

[2]凤鸣,此隐含世园会今岁开在西安。如果由高空俯视,世界园艺博览园恰似展翅飞翔的彩凤。

【作者简介】

郭素贤,陕西省西安市人,中共党员,高级教师。陕西广播电视大学《中华词学》研究室研究员,陕西老年诗词学会会员,浙江东方诗词学会会员,陕西散曲学会会员,陕西诗词学会会员,西安诗词学会会员。参编《语文名篇学习辞典》等12部教学用书。著有《雅娴山庄词选》、《群芳谱》、《唐诗三百首今译与赏析》。

党旗颂

朱亚年

一面旗帜,南湖启航;几多烟波,引领方向。阴晴圆缺,势不可挡;穿云破雾,指向远方。迎风飘来,黑暗在光明中渐亡;高高竖起,信念在磨砺中芬芳。

南昌起义,工农武装;井冈星火,赣江波浪。围追堵截,抗日北上;赤水四渡,遵义光芒。大渡河勇士取胜,毛儿盖红军威扬。宝塔巍巍,延水汤汤;延安窑洞,光耀四方。党旗飘飘,胜利在望;抗战声声,赶走东洋。重庆谈判,和平曙光;三大战役,军歌嘹亮!西柏坡指挥若定,《东方红》雄鸡高唱;千万里追寻成功,新中国屹立东方!

曾记否,弹洞前壁,脚踩冰霜;更难忘,勇雪国耻,血洒疆场。暗夜擎灯，心系灿烂阳光；白区智斗，怀揣坚贞信仰。嗟夫！念理想之召唤兮，愿百花之齐放；宁舍生之取义兮，唯党旗之飘扬！共产党人兮，如钢铁之坚强；英雄儿女兮，似青松之高尚。烈士精神兮，与日月之同辉；猎猎党旗兮，为中国之脊梁！

九十载，栉风沐雨，迎来春光明丽；新时代，日新月异，镌刻春天故事。党旗红，彩绘大地，聚拢八方贤士；民心齐，龙舞天际，唱响中国魅力。

三峡卫星，港澳回归，空前盛事兮，正颂开放业绩；奥运世博，世园亚运，全球佳话兮，且看中国挺立。汶川强震，玉树碎裂，天地挥泪兮，共建美好故里；舟曲大灾，西南苦旱，八方送暖兮，顿解燃眉之急。电网密布，通讯快递，天路横空兮，书写绝代绚丽；钢花飞舞，石油喷涌，科技领先兮，强夯殷实国力。党恩拂面，改革搭桥，高山平原兮，重见天蓝水碧；阳光普照，两岸沟通，同祖同源兮，共盼和谐统一。

从古到今，何曾听闻，农耕赋税为零；从西到东，谁其见证，民生冷暖受宠？旗之所钟，旗之所信，普天草根和顺；旗之所行，旗之所动，悠悠国运亨通！

嗟夫！千年一党，扛起民族复兴大任，庄严大旗，指引华夏未来前程。挽手民众，举国上下怎不振奋？奔向小康，大江南北哪能放松？

噫吁嚱！春风化雨，龙腾虎跃兮，神州遍地葱茏；红日朗照，风清气正兮，龌龊无处藏身。万众兴邦，励精图治兮，草木欣欣向荣；先锋开路，披荆斩棘兮，万象徐徐更新。十二五迈步，开拓前进兮，家国怎不温馨；党旗高扬，情投意合兮，愿景一一成真！

雄哉！铁锤镰刀之交响兮我心激荡，
壮哉！千人一腔之共鸣兮我思飞扬！
美乎！阳光雨露之滋润兮我声高亢，
伟乎！高歌猛进之昂扬兮我情绵长！

【作者简介】

朱亚年，甘肃靖远人。中国民主促进会会员，大学文化，中学语文特级教师。中国世界华人作家艺术家协会会员、协会文艺创作一级作家，中国公共关系协会艺术委员会会员兼重庆三峡联大《东方潮》专栏作家。文学作品曾在全国性文学创作大赛中多次获奖。著有诗歌专集《心曲》、《心音》、《心韵》、《心语》四部。

江城赋

陈卫华

一万里大江烟波浩荡，于荆携汉；三千年楚地风流倜傥，百湖江城。淼淼两水，润泽江汉三千里沃土。钟灵毓秀，鱼米为家；物阜民丰，九省通衢。北连中原广袤之野，以通燕赵；南接潇湘灵秀之地，可达两广；东下苏杭富庶之地，以至海隅；西上三峡巉岩巍峨险峰，溯源白云。扼四方之咽喉，锁大江于龟蛇，山灵水秀，俊才灿灿。屈子高风，志洁行廉，配芷兰而伫足湖畔，留《离骚》而咏文苑。词微旨远，危言危行，沾溉后世，誉洒千年。仙人驻足，黄鹤顾鸣；晴川阁下，鹦鹉洲头；奏高山流水袅袅琴音，情深深；江水亘古，诉不尽千载知音佳话，意笃笃。

英雄为之折腰，文士到此留情，望滔滔江水，怎能不感慨万殊？昔者曹孟德横槊枭雄，笙簧嘉宾，吐哺之心，愿纳天下；诸葛孔明羽扇纶巾，笑谈风生，巧借十万箭镞；更惊起东吴周公瑾，妙计安天下，寰宇乃三分。浪花涛尽，是非成败古今评。至若烟花三月，凄凄芳草滩，惜惜满别情；日暮乡关，远影碧空，惟孤帆点点，载一腔友情，摇摇曳曳下江陵。

滔滔江水，流不完沧桑沉浮。巍巍山峨，写不尽千年往事。中华蹉跎，清末沉沦，列强纷凌，江城多难，洋人入侵。师夷长技以自强，洋务肆起，建造兵工于汉阳，狼烟滚滚；开设新学于武昌，学府林林。破二百年闭关之枷锁，纳彬彬文明之新风，引时代之潮流，于斯为远。孕育维新，酿造革命。辛亥首义，爰举义旗，以清妖孽。一时间，烽火遍燃赤县神州，大江南北变新颜，久蛰民心大兴奋，如久蓄火山之爆发，浩浩荡荡，势不可挡。除数千年专制之旧弊，开新时代共和之滥觞。民国肇造，命途多舛。城头旗帜多变，局势阴霾纷繁。

一唱雄鸡，共和新生。轰轰烈烈，百业振兴。一桥飞架南北，天堑化作通途。大江之上，彩彻云虹。陆路、水路、空路兼高速，纵横覆盖；南货北粮东产西物，杂然其间。工厂林立，商埠云集；高校遍地，学术争鸣；大厦迭起，依水而立；百业俱兴，空前鼎盛。三镇之内，人烟千万，熙熙攘攘；街衢闹市，人声鼎沸，车马相随，灯火照白，彻夜彻明。美、英、法诸国远客，或迢迢以负笈求学，或易货以游灵秀山水，或从业就居，通婚而筑家。更喜"中部崛起"，畀以重资，骅骝扬鞭开大道，鹰隼试翼翦长空。挂伟帆，顺浩浩长流，与国同昌；扛大纛，引中南之竞潮，与国绵长。

抚今追昔，恰值辛亥百年纪念，又为我党九十华诞之际。便登高送目，望征帆去棹，氤氲暮霭，银波粼粼，苍山青青。感慨于膺，叹逝者之沧桑，感先辈创业之艰辛，喜今朝繁华之盛世，天下共享改革之硕果，堂堂正正立于世界之林，共创复兴之伟业。万端情思，非千文千言所能抒尽；千般思索，亦几日几夜难成寐。总系笔端，藉翰墨以抒冲冠，摛畅言以赓响。

【作者简介】

陈卫华，男，河南周口人，中南财经政法大学马克思主义学院硕士生。

南湖之舟赋

——邹生导游小记

魏本涛

辛卯春暮，海棠方零。嘉兴邹生邀余游南湖，以祝建党九十春秋。余欣然而应。邹生导游曰："嘉兴位沪杭之间，共绍兴分三湖之美。不识南湖之美，焉知一大会期之险。自古南湖以'烟雨迷蒙'诱人。以美掩险，择一叶游舟为会址，岂不妙哉？一举使南湖成为近代史发祥之地也！"

邹生触景生情，口若悬河，自主导游：嘉兴新市，长水本名。自古京杭运河，穿野越岭，欸乃之声常闻，雪翼帆影点点，纤夫足印深深；如今杭湾飞虹，跨海横江，狂涛之声不息，车窗灯光闪闪，舣舟渔火醒醒。斯市东北襟连淞沪，西南臂挽余杭。南隔钱塘，遥望绍兴；北缘运河，漫步吴江。东观舟山，西眺桐乡。锦水东会沪渎，西控玉溪，襟带具区，独揽其秀。七塔八寺，百圯千流。城东南映一鉴浮影，水东西分双鸳交颈。吴越王子，湖滨筑登眺之所，嘉靖知府，渚头建烟雨之楼。轻烟拂渚，微风起皱。知府许瑶光兴绘嘉兴八景胜图，诗人朱彝尊沉咏鸳湖百首棹歌。柳丝折腰，烟波送爽。东坡三过嘉兴，开怀咏唱："闻到南湖曲，芙蓉似锦张。如何一夜雨，空见水茫茫。"一九六四年四月五日，中共"一大"代表董必武，重上纪念船，感慨万千，挥毫忆往："革命声传画舫中，诞生共党庆工农。重来正值清明节，烟雨迷蒙访旧踪。"古舟顿时生光。一九八六年杨尚昆游南湖时，为亭题额"访踪亭"。游人景仰，翰墨绽香。春来梅花报信，夏炎徐风纳凉，秋高竹叶婆娑，冬寒瑞雪银妆。

游毕饮茶，余与邹生遥忆客纪初叶：十月革命炮响，五四旗帜飘扬。恰同学少年，风华正茂，书生意气，安能酣睡温柔之乡？"南陈北李，相约建党"。留法蔡和森提出建党步骤，湖南毛泽东，扬起建党帆樯。上海北京，武汉长沙，济南广州，共产主义小组，纷纷登场。

七月溽暑，八月熔金。燕园斗士，淞沪精英，武汉俊儒，长沙书生，济南贤达，为召开一大启程。先麇上海，开会遇险；再聚嘉兴，续会避风。洒炎夏之热汗，忘长途之劳顿，来到南湖渡口。船渡湖心岛，匆过烟雨楼。登上南湖之舟，为建党运筹。船挽僻静水域，信警望风船头。阴天小雨，天为人谋。起草党纲，选举中央机构，发布宣言，新生儿嘹亮一声啼哭，此乃睡狮一吼，开天辟地，雷震全球。

南湖之舟，华夏之舟。忆昨日，满载百年耻辱，万斛忧愁，拖着沉重枷锁，在恶浪颓波中行走，慢似蜗牛。

南湖之舟，长风之舟。看今朝，有了自己舵手，高举镰刀斧头，乘风破浪，驶向共产主义仙洲！

如屈伸肘，划过了九十个春秋。不堪回首，前仆后继，浴血廿八载，夺得金瓯。执政六十年，建设神州。风风雨雨，内忧外患。居安思危，焉不未雨绸缪？

【作者简介】

魏本涛,男,1934年出生,安徽无为人。1956年入党参军,从事国防教学科研近四十年。退休前为教授,多次立功受奖。退休后,从事传统韵文写作,参加中华诗词、世界汉诗、中华辞赋等学会。曾任《雁塔之声》辞赋增刊编委,《秦风》赋专刊编审。在《诗刊》、《世界汉诗》、《中华辞赋》、《诗词月刊》等诗刊上发表诗词400余首,辞赋近20篇。

庆中国共产党九十华诞赋

许建新

百年沧桑,九十华诞,岁在辛卯。望公历七一之将至,庆吾党生日之又临。所以携侣畅游。瞻丰功于华堂兮,感吾党求索之艰难;聆红歌于市井兮,缅英烈代代以相属。荧荧星火兮燎神州。

意踌躇,面开轩,夜如昼。九万里河山,奔来眼底;近百年往事,注到心头。昔东征西征、南来北就,胸有明灯何做愁?剑拔光寒倭寇胆,民族抗战显风流;百万雄师跃天堑,云开日射民自由。恢恢党旗兮耀千秋。

继往兮以开来兮,何惧路上多虎豺兮。反腐倡廉民心快,地裂天崩党牵手;奥运梦缘今日圆,飞天揽月兮有神舟;更喜千年陇亩税,惠民策成自去留。黔首无忧兮到白头。

良宵无寐欲凭栏,却坐捉笔情意漫:光阴几许兮山河笑,翻天覆地兮世人羡;滚滚流水东逝去,湮没苍烟夕照间。吾独巍然傲斗牛,笑看群丑,沐浴而冠觅封侯;执政为民甘俯首,立党为公兮搏激流。

夜深沉,志抖擞,踱门口。礼花逶迤谒北斗,爆竹如豆聩未休,弟兄姊妹舒歌喉。嗟乎!千万人之心,吾党之心也;吾党之庆,千万人之所庆也。所庆者何哉?吾党之诞辰者也。正所谓:万民同庆心向党,天地寿兮日月光。世界大同兮谱华章!是为赋,志庆党之九十华诞。

【作者简介】

许建新，河南省方城县城关镇翟庄村社区卫生服务站工作人员，词赋爱好者。

神州赋

屈 直

巍巍华夏，熠熠神州；东方屹立，雄鸡昂首。上下五千年，源远流长；纵横九百万，山河壮秀。气候温润，含日月之精华；宝藏巨富，蕴天地之物尤。人杰产阜，夺九重之星斗；幅员辽广，绵中华之裔族。

歌吾华夏兮，煌煌乎神哉！盘古开天辟地，独钟情于此域；女娲炼石补天，特怀柔于是方。后羿射日，拯众生于苦海；嫦娥奔月，启探幽于苍茫。精卫填海，方显先民之恒毅；愚公移山，益彰胜天之梦想。夸父逐日，血流江河骨为岳；仙女降地，情注人间爱无疆。壮士崩山，秦蜀古道始沟通；杜鹃啼血，忠言苦心寄衷肠。王母寿诞蟠桃美；玉皇严威封神榜。河汉望眼情不渝；八仙过海迹犹香。炎黄战涿鹿，华夏始融；共工触天柱，苍穹无光。构木为巢远猛兽；教民稼穑丰余粮。金鲤跃台，登高方知世界大；大禹治水，疏道更显黄河长。异乎神哉，奇思妙构耀祖光！

颂吾神州兮，泱泱乎伟哉！启立夏季，率土归王家天下；政建秦纲，中央集权肇华夏。唐宗宋祖，文治武功拜万国；元帝明皇，金戈铁马跨欧亚。孙中山，推翻帝制建共和；毛泽东，匡复金瓯号中华。仓颉造字，甲骨青铜熠熠铸；杜康酿酒，瓦缶瓷罐涓涓清。四大发明举世钦；五行脉络中医经。真草隶篆行，唯我独尊；诗词曲赋话，百家登峰。廿四巨史鉴千古；卅六妙计胜万方。丝绸通西域，黄沙漫漫驼铃响；郑和下洋洲，巨浪滔滔国威扬。万里长城雄世界；千古帝陵称奇迹。敦煌宝窟藏奥秘；乐山大佛蕴天机。黄河哺育炎黄胄；长江润泽轩辕地。故宫深远合经纬；两坛神圣无匹敌。大鸟巢，鲲鹏展翅；水立方，天宫难比。三江滚滚唱丰功；五岳巍巍铸伟绩。八年抗战，天罗地网擒恶兽；三载援朝，齐心并肩卫家园。珍宝岛，反帝防修斩魔爪；猫耳洞，高山密林训劣顽。英烈千千万，前仆后继；功德代代传，泣神惊天。蘑菇云起，两弹一星寰球惊；九天洞开，神七航八宇宙行。跻身联合国，举足轻重；夺冠世界杯，五连称雄。"四害"铲除，十年浩劫厄运终；三中全会，卅载改革特色擎。联产承包责任制，举国欢呼；免税补贴爱民策，自古罕逢。防洪抢险，铁臂连作大堤坝；抗震救灾，血肉筑成新长城。防治"非典"，勇攀医学界高峰；金融风暴，更显人民币坚挺。拨乱反正，今昔相承求真理；恢复高考，文理并重选良栋。改革除却旧体制；开放赢得巨龙腾。特区建设，蹊径独辟世界望；一国两制，空前启后巨手撑。加入世贸，经济运行全球融；举办奥运，国势强盛万族敬。港澳回归，洗雪百年耻辱；两岸洽谈，消弭半世仇情。"三个代表"，宗旨重申领时代；"以人为本"，科学发展审均衡。民主选举，当家做主意志显；多党合作，真知灼见中华兴。机构改革减民负，政通人和；反腐倡廉除蛀虫，国昌运隆。市场经济指方向，中国特色马列经。城乡一体奔小康；军民联手建太平。出兵维和，锻造中国利剑；巡洋远航，勇缚海底蛟龙！雄乎伟哉，华夏神州祝永恒！赞曰：

日月经天照华夏，江河行地润炎黄。
珠峰巍巍举红旗，南海茫茫筑铜墙。
五千岁月织锦绣，十亿神州奔小康。
继往开来建盛世，乘风破浪启新航！

【作者简介】

屈直，笔名，原名屈献民，又作屈现民，男，1960 年 10 月生，陕西省合阳县黑池镇人，大学文化，中共党员。现任陕西省合阳县文体广电局调研员。著有《乌合集》、《无为集》。

人民英雄纪念碑前感赋

——为纪念建党九十周年而作

杨青云

立大地而擎苍穹兮，穿时空而嵩万世。彪民族之雄魂兮，炳来者以昭示。肃立碑前，注目凝思，眼前展现硝烟图，耳内响起断魂诗。

呜乎，斗争场景，鬼哭神泣；英雄气概，感天动地。白色恐怖，人头颗颗落地；湘江突围，队伍几近凋敝。长征路上，多少战士饿死；抗日战场，无数军民捐躯。从南湖起航，到新中国成立，万千先烈，前仆后继。李大钊，绞架之前讲主义；周文雍，刑场之上行婚礼。刘胡兰，敢把头颅试剑锋；赵一曼，面对铡刀志不移。黄继光，血肉之躯堵枪眼；董存瑞，宁与敌堡归一炽。方志敏就义，口袋里一文不名；杨靖宇战死，腹中只有野草棉絮。狼牙山五壮士示烈，大渡河十七壮士捐躯，数不清的革命先烈，说不尽的英雄事迹；无论是著名英雄，还是无名英杰；他们的名字，刻在石碑上，写在历史长卷里。他们的英魂，留在天地间，注入民族血液里。

嗟乎，泱泱中华，英雄辈出。为民请命者有之，为国捐躯者有之，柔肠铁骨者有之，舍生忘死者有之，然而哪朝哪代，有如共产党人者？为民而生，为民而死，一切为民，奉为宗旨。“头可断，肢可折，革命精神不可灭；壮士头颅为党落，好汉身躯为群裂。”[1]“砍头不要紧，只要主义真；杀了夏明翰，还有后来人。”[2]无私无畏，视死如归。矢志不渝，无怨无悔。以钢铁意志，砸烂腐朽社会；用血肉之躯，铸成红色社稷。故曰：没有革命者，就没有共产党；没有共产党，就没有新中国。

三十年腥风血雨，三十年挫折彷徨，三十年改革开放，九十载风云激荡。革旧立新，山河变样。国图复兴，民奔小康。请问先烈，此时此刻，您注视着什么？您又想些什么？曰：十分欣慰之，革命理想步步实现；几分忧伤也，蛀虫硕鼠暗暗隐藏；民之利益受损，党之肌体被伤。请勿担心，请勿忧伤。蛀虫硕鼠，不会久长。凡窃取职权，欺世盗名，贪污腐败，逆施倒行，破坏党纪，苦害百姓，灵魂出窍之徒，行尸走肉之辈，党纪必究，国法必惩。其面对先烈，定无地自容。历史之耻辱柱上，必留下千古骂名！

肃立英雄碑前，虔诚告慰英灵。九十年艰苦卓绝，九十载历史作证：先烈之鲜血没有白流，中国继续向理想驰骋。党的宗旨不变，民族信念永恒。从红船扬帆，到航母出海，中华民族同舟共济，乘风破浪，驶向未来。正如温总理访英演讲所云：未来的中国，将是一个经济发达、人民富裕的国家；未来的中国，将是一个民主法治、公平正义的国家；未来的中国，将是一个更加开放包容、文明和谐的国家；未来的中国，将是一个坚持和平发展、勇于担当的国家。[3]呜乎！诚如是，万千忠魂，可安息否？临行注目礼拜，献诗一首：

九十春秋旗猎猎，回眸来路险重重。
大江滚滚平民泪，战火熊熊魔鬼功。
碎骨粉身擒猛虎，抛头洒血锁蛟龙。
敢忘宗旨谋私利，羞对英雄天不容。

【注　释】

[1]周文雍烈士写在监狱墙壁上的一首“绝笔诗”，见《革命烈士诗抄》。

[2]夏明翰烈士的《就义诗》，见《革命烈士诗抄》。

[3]温家宝总理2011年6月27日在英国皇家学会发表演讲时的讲话。

【作者简介】

杨青云，女，陕西西安人。陕西省诗词学会常务理事、副秘书长，陕西省老年诗词学会常务副会长，《秦风》诗刊主编。

党九十华诞颂

包 含

时逆九十年，云开东方之明珠，风动南湖之画舫。遂起中华之新势，谱我神州之鸿篇。

苍鹰雄健，旋碧空以迎红日；楼船万钧，起深锚而扬远帆。播传马列，普共产之思潮；扎根群众，寻光明之前瞻。鸣枪北伐，扫沃土之豺兽；翻身立命，救万民于深渊。继而南昌抒愤，炮火摧朽；秋收奋起，怒吼震天。后，改制三湾村，立身井冈山。打土豪，分田地，举红旗，建政权。竖民主之旗帜，倒暴政之三山。革命之势迅起，星星之火终可燎原。

恰逢民族危机，家国忧患。战线一统，大道通曙光之处；工农联盟，镰斧破艳阳之天。反内战，驱外虏，扶大厦之将倾，挽民族于危难。敌前抗击，敌后抗战。浴血八年，长枪刺破敌喉管；抗争三载，红风吹遍江南岸。

终始民主立，红旗展。三大改造，踏社会主义之道路；五年规划，激万千民众之豪端。加干劲，争上游，盈朝气，释豪言；善友邻，交外邦，返常席，增国颜。雄狮昂首奔走，神龙起翼飞天。

三中会后，如沐春风。五特区帜起风卷，四原则邦安国定。体制改革，效师夷之长技；特色高标，复兴国之宏盟。从而立国有本，富国有凭，强国有道，持国有秉。渐递，香港回归，澳门接踵。西气东输，横奔沪杭；南水北调，纵援都京。重整东北，黑水白山披锦；细琢江南，广厦园林彰莹。三峡截流，巨手画出湖泊；高原筑路，铁轨引出藏青。义务教育，九年统筹；农业赋税，一朝归零。入世贸，得与列强周旋；主奥运，得以现我峥嵘。飘飘然也，嫦娥奔月舞袖；浩浩乎哉，神舟飞天寄情。民主渐进，物质渐盈；完善法制，共创文明。兹此，五岳披翠献歌，四海旋涛回应。

九十载，心育山河翠；九十载，汗洒九州青。指点江山，楼起平地；激扬文字，歌飘碧琼。山鼓水弦，奏响春天故事；地车云辇，推出时代新风。架星斗环球神游，风景独秀一枝；驭长风云头俯瞰，生机无限万顷。

【作者简介】

包含，男，硕士研究生，中共党员。

党庆九十周年赋

柳杨文

巍巍华夏，万众仰瞻，共贺吾党，九十华诞。值此佳际，忱敬之情难扼，壮其盛，遂作斯赋。

忆往昔，大道崎岖。列强猖肆，岁月蒙尘，觊觎劫掠，雄狮未醒。山河破碎，苍生凄怆以涕泪；风雨晦暝，四海恸哭而恻悲。浦江惊雷，启振兴之希冀；嘉兴扬帆，激千舟而竞浪。南陈北李，赤帜高举，镰劈混沌，锤开天地。旌旗挥处，激流涌动，除阀倒帝，国共初合。北伐其功，青史昭明，统一之势，自此显彰。嗟夫！蒋汪獠猖，祸起同壤，及中山舰之痛而国共离心，至"四一二政变"而分道东西。

勇哉吾党！遇困而刚，矢志不屈，南昌起义，始武装之基。八七议决，挽革命于危地；井冈会师，燃星火以燎原。至此，八方义旗纷举，而其势渐兴。土地革命，民咸归之，工农武装，军皆壮也。破袭围剿出奇兵，党旗招展志成城。叹"左倾"之误，转战长征；幸遵义计决，戡定风云。擎巨旌信念如铁，率威戎步履铿锵。积霭倏烈，迅霆惊电，渡赤水，逼贵阳，飞泸定，越夹金，转战十四省，二万五千征程。然列强亡我之心不死，而以倭贼尤甚。卢沟枪响，日寇狞侵，兵谏骊山，举国一心。统战线，论持久，八年抗战，凶寇远逐。外患甫定，独裁之野心毕现，及至江南一叶，同室操戈，三载交锋，浴血鏖兵，遂长江横渡而天下匡定。

呜呼！屡克艰厥，万难兴业。烈志骏驱，惇仰威德。大钊慨昂，志敏清贫，靖宇不屈，若飞从容，千万人俱往矣，凝碧血、铸精魂而共产党传焉！吾党草创，数十人而已，然汇细流以成海，积土壤而为山，终东风劲猎，赤旗漫卷天地。

大哉吾党！其志高远，其心拳拳，救民于水火，慨然赴险，扶大厦之既倒，力挽狂澜。东方巨龙，昔日睡沉，雄鸡亢鸣，今朝猛醒。一国之兴，庶绩咸熙，四海之昌，表正万邦。民族团结，国运昌荣，科技发展，文化繁盛。十年之痛，固令人扼腕长息，然微瑕不掩美玉，殊勋何辞小愆？三中全会，改革春风九州锦绣，一国两制，港澳回归华夏颂讴。白帝三峡，扼卫楚湘，杂交水稻，饶沛民仓。铁马飞驰天路，神舟巡弋广寒。核弹成，疆防异军崛起；国歌唱，健儿奥运扬威。斯是盛举，何其壮哉！

九秩沧桑，漫途峥嵘。吾党为民，至忠至诚，无惧艰险，不畏万难。抗肆洪，救强震，御暴雪，援灾民，泱泱中华，多难兴邦，经风雨而愈炽，历劫难而弥强。

中流砥柱，云卷巨澜，吾党为政，徽绩卓然。毛泽东思想灼耀寰宇，邓小平理论彪炳汗青。和谐社会，三个代表固执政之基；与时俱进，科学发展铸兴国之魂。

红日昭彰，江山多娇。吾党之瑰玮勋功，罄笔岂能书也！庾子山云："落其实者思其树，饮其流者怀其源"，今我亿兆国众，饮水思源，不忘掘井之人，沐享福泽，铭记党恩在心。

【作者简介】

柳杨文，男，汉族，1982 年生，甘肃省华亭县人，毕业于九江学院外语系，作品散见于《平凉日报》、《汭水》等刊物，曾获《汭水》征文大赛一等奖。

神州颂

黎裕养

举国腾欢，迎中共九旬华诞；遍地歌声，赞神州覆地翻天。长空溢彩，大地流金。跃马奔小康，喜神州之发达，扬眉安四海，建赤县之繁荣。

看东海波平，闻西陲边静，南天巩固，北国丰收。美日睦中华，为我外交之胜利；欧洲有盟友，壮吾赤县之光辉。亚非拉频添好友，大洋洲常来贵客。两岸三通，吾同胞欢欣团叙，一言九鼎，联合国常任理事。雪百年国耻，港澳回归祖国，绘千轴宏图，炎黄志壮金瓯。

士庶齐奋发，同荷四化之肩；上下俱同心，共赴长征之志。老专家埋头伏枥，映孙康之雪案；青少年闻鸡起舞，策祖逖之雷鞭。纵目神州，但见千般绚丽；驰骋华厦，尽显万种辉煌。稻菽翻金浪，牛羊泛银波。提速列车奔腾于国内，超音战机呼啸于边防。浩浩南京桥，赤县金陵增异彩；迢迢青藏路，天山南北有通途。大庆频作哥哥，南海油田传捷报；鞍钢再添弟弟，宝山钢铁奏高歌。神舟飞船腾空，顿使嫦娥盈热泪；赤县核艇潜海，堪教强敌俱却步。三峡化平湖，滚滚长江为四化；大漠变乌金，源源油气献中华。桂府天仙云集，细察是民歌盛会；京沪银鹰起落，原来系豪杰登临。叠叠红笺，绘不尽中华美景；微微学识，赋不完锦绣前程。

建党九十周年感赋

梁宇玲

沧海桑田，抬眼望，谁主浮沉。南湖催诞，举旌旗，万山红遍。四代航师挥巨手，风雨兼程九十载。当年建设根基业，今日腾飞照九州。

忆往昔，思如炽，百年风云激荡。蒙尘积弱惹蚕食，殖民妖雾笼神州。战火蔓延，血雨腥风，哀鸿遍野，国命阽危。千秋家国恨，中华好儿女，不屈起抗争。康梁维新，百日俱废，六君子血染菜市口。孙文先行，志勒民国，大军阀混战起狼烟。叹一声革命尚未成功。救国之路，任重道远。五四运动号角吹，南湖孤舟灯火明。巍巍中共应时生，秉马列真谛，举锤镰红旗，风云际会正当时。

卅九载，风共雨，细数征程不易。八一南昌枪声疾，秋收起义打游击，星星之火冉冉起。然宁汉合流，陡生变故。白色恐怖，革命危急。井冈山，烽烟漫，黄洋界，炮声隆。五次反围剿，英雄血染湘水边。保卫根据地，战斗惨烈多牺牲。岁寒松柏凌霜雪，河泣山悲祭忠魂。难忘一九三五年，红都军民别依依。果断长征，万千壮士到延安。遵义挽澜，决策英明扭乾坤。战金沙，破乌江，枪林弹雨勇无前。翻雪山，履草泽，卧雪爬冰志气坚。适日寇进犯，卢沟桥畔再生事，沦东北于瞬间。历八载，反攻一战，消除侵我倭寇。息战火，三大战役，埋葬蒋家王朝。多少敌手，终教尔，过眼烟消。巍巍千岭，滔滔万水，忆当年浴血，不改雄姿。应长记，几多英烈，遍洒热血换人间。是非经过不知难，一路蹉跎今有果，五星红旗迎风扬。

兴百废，铸盛世，把酒再吟鸿赋。开国困境，步履维艰。民心淡雅，吏治清廉，抗美援朝成金瓯。惟不幸，几度失误，三年"跃进"闹饥荒，十年"文革"成浩劫。拨乱反正除四帮，革故鼎新先纠偏。至若改革开放，再迈拓荒步。总设计师韬略远谋，以改革经纶，特色兴邦。大地惊雷兴四化，喜辟通天路一条。三十春秋，弹指过。华夏之窗，一挥就。为民政者，重人本。谋民利兮，惠民生。繁荣经济，物阜民丰，故国新姿展。还珠雪耻，奥运梦圆，神州唱新篇。两弹一星，天路神舟，大业史空前。农村减负千家乐，反腐倡廉正气扬，执政为民国运昌。功勋著，八方赞。危难至，我党先。九八洪峰，蜀地罹难，党政军民众志成城，士农工商大爱无疆。

噫吁兮！三尺微命，一介书生。生逢其时，沐我党恩。逢九十年华诞，书千百言颂扬。情为所系，慨当以慷。壮哉我党，千秋永光！美哉中华，万民永康！再回首，峥嵘岁月。看未来，勇创辉煌！

【作者简介】

梁宇玲，女，1980 年生，公务员，现居广州。雅好古典文学，素喜提笔弄墨，虽阅历甚浅，见识粗陋，仍心怀梦想，笔耕不辍。

红旗赋

刘 佳

神州尽彩，燕舞莺翔，天高地迥，果甜花香。喜建党欣逢华诞，举世瞩目，山河竞秀，增彩添光。九江八河举杯，让衷心喜悦斟满，三山五岳齐舞，把澎湃之情激荡。海宇天风，响彻时代壮歌，龙腾虎跃，助兴把酒轮斛。笔蘸豪情，绘就神州洋洋之盛况，云蒸霞蔚，共托盛世曈曈之朝阳。

忆昔日神州，国破家亡。有幸十月革命一声炮响，送来马列迷途指航。南湖红船扬起希望风帆，南昌起义崛起工农武装，正捷报频传，恨错误指挥，信奉教条，机械照搬，“左倾”盲动，指挥无方。敌酋重兵，围追堵截，湘江鏖战，血染疆场。十送红军，此行一别何时返，江河呜咽，送别父老泪汪汪。战略大转移，夜茫茫，翘首望北斗；遇急流险滩，雾蒙蒙，舵手谁担当。正危急，喜望遵义城头，霞光熹微，伟人复出，引舵操桨。力挽狂澜突重围，指挥若定现曙光。雪皑皑，钢枪挑落霜花白；雾重重，坚定信念胸中装。一路艰辛，征程何处无忠骨；可歌可泣，惊天泣鬼著华章。

中华多难之邦，漏船又遇风狂。正摆脱险境昭昭日，又有倭寇逞凶狂。卢沟晓月，见证中华男儿热血涓滴华夏沃土，太行山上，挺立抗日健儿耿耿正气不屈脊梁。八年浴血，驱逐日寇回东土，硝烟又起，国共三年鏖战忙。战辽沈，打平津，摧枯拉朽不可挡，战淮海，扫顽敌，风卷残云过长江。西柏坡灯火彻夜不息，谋划新中国新生之蓝图，天安门广场国旗升起，宣告中国人从此迎来解放。山河尽彩，日月重光，民族独立终有日，扬眉吐气挺脊梁。

经历民族独立峥嵘岁月，跨越祖国振兴雨雪风霜。遥想改革初年，邓公亲执舵桨，锐意拨乱反正，发展战略三步走，协调发展，物质精神两手强。实行可持续发展，国家实力稳中强，港澳如期归来，百年奇耻终洗雪，举办奥运成功，中华雄风天下扬。扬我国威，健儿挑战在鸟巢，摘金夺银，国歌响彻水立方。战汶川地震,万众一心成大爱,抗金融危机,拉动内需实力强。迎挑战,高歌上征程,再跨越,跃马向康庄。

雨涤松青,山河更壮美,继往开来,旗帜正高昂。光辉业绩,千秋彪炳,跨越时空,世代传扬。欣逢建党华诞,继往开来续写华章,十七大群英荟萃,商国是博采众长。新一届领导核心,以人为本,与时俱进,再创辉煌。高举小平理论旗帜,坚持三个代表重要思想,向着既定目标奋进,朝着全面小康启航。民族复兴创伟业,神州崛起国运昌,千秋基业千秋颂,万民福祉万代长。齐共勉:待赶上发达国家把盏庆功时,痛饮琼浆,到中华民族伟大复兴日,再诉衷肠。

【作者简介】

刘佳,中国地质大学(武汉)政法学院学生。

神州赋

唐灿

五千年文明悠悠,育人杰才俊;九万里疆域浩浩,藏琼玉华珠。四海镇九州之户,五岳锁八荒之途。双龙入海,极电势雷威,古来江河浩荡;一关接天,历神工鬼斧,天下夔门独孤。莽野丰腴,立寰宇之柱;戈壁夐远,盈珍璞之炉。碧波白浪,海连台湾望东越;危山暗壑,云横秦岭屏西都。崔嵬其山,人等景异;清涟其水,心同俗疏。

泱泱古国,熠熠人雄。琳琅遍野,星月明空。盘古开天地之祖,轩辕并华夏之宗。函谷德曛,传千言智卷;杏坛仁沐,标万国师风。湘流汤汤,屈子恨随浪天际;寒食戚戚,介推烟伴风云中。秦帝武功,戈戟利坚六合并;唐宗文治,江山清秀万方同。白月清风,迁客尽赏桂魄;金戈铁马,将军不能引弓。才俊如云,仰头遍舞金凤;豪杰胜海,俯首尽现青龙。

呜呼!命其不坦,运何多舛。山河破碎,国庙颓残。走狼弘啸,睡狮长眠。闾阎守乡以为肉俎，帝王去国而苟其安！

所幸天就华夏，自不弃黎民。国危志现，时穷节彰。剑气冲于两广，壮士发乎武昌。恃一时之愤作，留万世之名扬。天昏地暗，月素尘黄。血染横岭，尸塞长江。弃性命于他地，遗孤冢于异乡。乾坤为之易色，鬼神为之断肠。奈何壮士虽死，民苦犹长。方驱贼寇，又踞虎狼。豪贵饮酒，寒贫食糠。噫！国难民苦，几时堪除？

于有群杰豪俊，志士仁人。私楫南湖，谋华璨之业；暗会上海，启光明之门。誓保中华疆土，志存神州黎民。视封疆如躯肉，以闾阎胜肝心。乃南昌起烽火，井冈书檄文。骇魑螭而去胆，靡魍魉而飞魂。尸堆长城，由斯青山弥挺；血镀夕日，自是白浪怒奔。奋斗东挫，转战西巡。道何难也，万里覆皓冰，千里布黑淖；志其坚哉，激昂克锐旅，豪迈破劲军。以义而发，不谋名利；因愤而作，何计功勋。故天下共爱，捷报长闻。风拂中南海，景耀天安门。

血雨腥风，往事已矣；尧天舜日，今兹既圆。广厦高楼，山耸林立；长桥巨拱，虹卧龙连。民谈笑于饭后，车奔走于户前。春风如歌，繁花昭胜日；秋雨似画，霜叶兆来年。天其清丽，地其广宽！然居安当患险，处逸宜思前。患国之患，安民之安。擎改革之大旗，乘开放之京船。戮举国之全力，兴中华于寰宇。然后，敞臂欢逢，话是日之繁盛；开怀痛饮，笑当年之艰难。

【作者简介】

唐灿，1994年6月生，现就读于重庆一中，自幼爱好中国古典文学，自学诗词联赋的创作。撰有旧诗数百首、文言散文辞赋数十篇。其作品文言散文《感恩论》、《春景记》，旧诗《吊辛弃疾（三首）》曾刊于《两江文艺》，有个人文集《玉壶集》。

党魂赋

赵厚庆

阴阳二气,相辅相成;魂之谓阳,体之谓阴。看红尘滚滚,思阴壤冥冥;多感体灭而魂在,影逝而梦萦。花魂、柳魂,魂附万物之中;诗魄、剑魂,魂显万象之形。阴魂、鬼魂,魂惹天人之怨;党魂、国魂,魂牵万众之心。魂中辨美丑,魂内具善恶,魂里寓臧否,魂场起风云。最忌魂不附体,犹如行尸走肉;当崇英魂流芳,胜似松柏常青。

遥想屈子当年,长吁短叹,怅然纵汨罗,难冀君返之身;此举何其悲哉——浊浊之中枉独醒,只缘以王为尊。继而华胄绵延,龙舟竞渡,争相抛粽子,祈盼爱国之魂;此状何其盛矣——滔滔之际彰要义,唯以高洁为琨。

地跨南北,时贯古今。疾风知劲草,烈火见真金。为民生者得民心,践党旨者铸党魂。南湖蕴波澜,浓浓墨云透曦光;井冈举大纛,星星之火亮山村;长征播种子,虎虎青壮换戎装;延安标圣地,熊熊烈焰逐瘟神;长江翻巨浪,猎猎旌旗指枯朽;剩勇追穷寇,霍霍飙风卷残云;北京响惊雷,浩浩正气驱邪恶;南国度春风,蒸蒸事业绘景明;九八战水患,熠熠党徽亮前线;汶川抗地震,灼灼党旗泣鬼神。珠峰巍巍兮,中华民族挺脊梁;神州茫茫兮,共产党人建奇勋。御长风而横四海,实乃旷世之罕见;腾舒云而览五洲,堪称环球之巨旌。

党魂铸理想,鸿猷代图腾。斧头劈开新世界,镰刀割断旧乾坤。雨花台难断大同梦,渣滓洞休锁报国心。铮铮铁骨除尘垢,耿耿赤子引光明。两仪元气,赖党魂而旺;一纸蓝图,因党魂而新。

党魂铸信念,磐石无斜倾。带镣长街行,坚信主义真。隧道再长,必有出口;黑夜再久,也会天明;风雨之后总得晴,冰雪融化正当春。三大法宝,迎来东方红;改革开放,再步新长征。山比两脚低,天因双目近。

党魂铸精神，钢铁坚且韧。井冈翠竹，深扎遒根；延安宝塔，傲翘风云；红岩灯光，驱逐阴晦；平凡螺钉，允公允能；兰考盐碱，难不住呕心公仆；大庆冰雪，挡不了动地铁人；九八洪涛，冲不倒中流砥柱；汶川地震，震不垮共产党人；三股势力，动不了爱国根基；军事讹诈，吓不了两弹元勋；北京奥运，观不尽龙腾虎跃；浩宇天庭，止不住神舟飞奔。

党魂聚民心，星月相辉映。御外之时，化作民族先锋；抗灾之际，引来大众救星。科学发展，催人构建和谐；以人为本，予人力量千钧。唱读讲传，党魂二字最响亮；汉藏回苗，党魂一词最动情。

党魂似火，彪炳史之光荣；党魂如歌，畅颂国之勃兴；党魂之花，凝聚各族同胞；党魂之塔，激励千秋后人。乱曰：

日朗朗兮山川媚，风飘飘兮万物欣。

归去来兮作陈言，感党魂兮驻吾心。

【作者简介】

赵厚庆，1949 年生，重庆永川人，重庆师范大学（原重庆师院）中文系毕业。重庆市先进教育工作者。

党德赋（并序）

赵桂风

公元二零一一年，岁在辛卯，适中国共产党兴九十周年，感其福泽人民、德被后世，遂作《党德赋》，其辞曰：

五千年文明古国，九万里美丽家邦，数千载风骚独领，近百年屈辱加身。先觉之精英，忧国忧民，创为民之组织；先行之勇士，兴家兴邦，建先进之政党。内求解放，外争独立，亘古未有，开天辟地。

八一枪响，惊天动地，诞生人民军队，缔造革命武装；井冈山区，工农割据，连建支部，党指挥枪，开风气之先，奠成功之基。二万里长征，播革命之火种；十一省转战，孕成功之希望。八年抗战，可歌可泣，砥柱中流，铁血御倭，撑危局，渡时艰，挽狂澜于既倒，救大厦之将倾，驱逐日寇，威震华夏。解放征程，波澜壮阔，三大战役，永载史册，摧枯拉朽，势如破竹，澄清域内，鼎定中华。

执政之初，革故鼎新。工业起航，农业发展，文化繁荣，科技飞跃，社会安定，民生改善。爱民之襟怀彰显，伟大之成就卓然。

九十年风雨兼程，旧河山面貌焕然。自力更生搞建设，艰苦奋斗谋发展，日新月异之进步惊世，翻天覆地之巨变喜人。原子氢弹爆炸成功，人造卫星造访天宫，蛟龙潜艇探秘深海，宇宙飞船遨游太空。嫦娥探月，北斗导航，空天和平开发，成果造福人类。三峡工程，举世无双；中国速度，世界仰慕。沿海开放，东部先行，西部开发，中部崛起，活力中国，金砖一席，魅力无限，如日中天。一国两制，港澳回归祖国；两岸同心，国共再度合作。北京奥运成功，上海世博举办，备受世界瞩目，赢得国际称赞。与邻为善，以邻为伴，敦睦友邦，和谐发展。金融海啸肆虐，稳定经济秩序，数点措施，惠及全球；局部战争频现，致力和谐外交，五项原则，风靡世界。大力促进发展，提升国际影响；全力维护和平，尽显大国风范。“收功于道德之林，致获于仁义之渊。”祖先之信义既在，我辈之诚念绵延。

共产党人栉风沐雨，劳身焦思，鞠躬尽瘁，前仆后继。为理想，勇往直前，自强不息；为人民，百折不挠，至死不渝。危难之际显本色，紧急关头存大义。唐山救灾现场，九八抗洪一线，“非典”肆虐之日，汶川抗震之时，处处现党大爱，时时有党关怀。

立党为公，执政为民。安不忘危，治不忘乱，戒骄戒躁，治污治贪，杜忧患之未萌，防祸患于未然。多措并举，齐抓共管，强军富国，富民兴邦，厥功至伟，万世流芳。党兴千秋万代，国运地久天长，民族兴旺发达，人民福寿安康。党德比天地齐寿，丰千亿之子孙；党恩与日月同辉，历万载而永延。

【作者简介】

赵桂风，1970 年 1 月生，大学本科学历，内蒙古兴和县一中教师，乌兰察布市作家协会会员。

建党九十周年赋

彭志密

忆往昔，一九二一兮筚路蓝缕，栉风沐雨；看今朝，二零一一兮梧桐映晖，秀木成颀。九十载年轮绽芳华，繁花似锦。锐意进取始于心，科学发展践于行。传承立党为公兮，德流长；弘扬以人为本兮，善天下。

铁骨挺春秋，妙笔书辉煌。九秩征程路漫漫，党建无声促和谐。乘科学发展观之春风，炼为人民服务之秋实；聆和谐社会之号角，展民生幸福之宏旨。执政为民矣，践约践行。胸怀民瘼矣，心系国殇。革故鼎新矣，奋发蹈厉。镞砺括羽矣，文明肇创。廉洁勤政扬正气，铸就富强护国脊。连心为民谋大计，服务于政保护航。励精图治，鼓荡开放飙帆。鸿猷远瞩，谋发展之方略；大政和谐，绘科学之新篇。威威乎，掌执政为民之准绳，凛凛也，护经济建设之飙轮。喜沐长风浩浩，闲观宏景煌煌！去悠悠农税，溢爱民之心。举国倡廉，革千年之弊事；全民反腐，迎万里之醇风。民主与法制齐抓共进，物质与精神相辅相成。四项原则，作顺时之大计；三个代表，真立党之洪钟。永葆先进，恒志蕴勃兴兮。上启乾坤，造化奇崛；下益民生，祺福绵长。旭日冉升，莳花竞放。九天鹤唳，万里驰翔。全球瞩目，揽三秋皓月；霖滋民野，涌一江浪潮。笃行一心为民，铸就和谐华章。鲲鹏搏击九霄，立志天穹；骐骥驰骋万里，惟思向上。

共产党员，铁肩担道义，同发展共奋进。殚精竭虑倾热血，戮力同心谋发展。服务为民，尽显热心、用心、真心；臻于至诚，满溢竭诚、真诚、赤诚。博纳仁德，细语载真诚；诚信谦和，微笑谱真情。敢为人先，心凝而力结。勤勉自我，德言而善行；身膺重责，让奉献无处不在；文明肇创，将真情普洒人间。砥廉峻隅，笃行忠诚是天职；心系民生，埋首甘当伏枥马；胸怀百姓，躬身乐为孺子牛。无怨无悔，春风化雨责任担，无私奉献，润物无声使命载;不懈拼搏,赤胆忠心豪洒青春岁月,鼎力如椽,科学发展平添党员基石!

嗟夫!党建九十载,孜孜不倦兮,与科学发展同行,善行福祉人寰;历历明目兮,与创先争优共舞,绽放璀璨华章。九秩谱乐章,曲水流觞通四海,壮哉;秣马新征程,和谐社会达万家,妙哉!

【作者简介】

彭志密,工作之余热衷于散文、红段子创作,初涉辞赋研究。

庆建党九十周年赋

彭红兵

把酒临风,华夏神驰,开天辟地,忆浙江嘉兴"一大"召开,建党立国,一代先驱,志士奋戈,忠魂喋血,欲挽狂澜志未酬,东方曙,红日开,扬帆起航,回顾历史,伟业犹存,"八一"军魂,井冈星火,雪山草地,抗日烽烟,解放号角,开国大典,建国大业,十七次盛会,一统江山,四海同春,文明中国,日新月异,独立自主,自力更生,两弹一星,神舟探月,更南巡一曲,霞飞潮涌,北归双璧,荆紫荷幽,雪城长虹,峡江高坝,改革开放,科学发展,国富民强,奥运圣火,世博盛会,百年圆梦,神州大地,春意融融,"十二五"规划,深入人心,创新发展,狠抓落实,学习党史,资政育人,与时俱进,以人为本,反腐倡廉,执政为民,开拓进取,牢记历史,不负重托,登高望远,华夏同心岂畏难!待明日,振兴中华,民族复兴,同庆华诞,共叙情怀。

【作者简介】

彭红兵,1961 年 10 月生,中共党员,湖北省武汉市人,1987 年武汉广播电视大学汉语言文学专业毕业。现就职于湖北三环汉阳特种汽车有限公司。

党赋

孙松柏

沧海桑田，日月更张，兴衰交替，天道昭彰。固步自封，夜郎自大，伏隐国之祸殃。鸦片战争，警钟鸣响，康梁维新，君子血殇。联军入侵，国土沦丧，是故清之将亡。中山先生，辛苦奔忙，救国大业，惜未能昌。倒行逆施，袁氏老贼，内欺国民，外引豺狼。老蒋当政，人心惶惶，贪污腐败，犹如朽梁，军阀割据，你争我抢！是故，中华难见曙光，民命不堪其伤！

黎明降临，十月绽放，马列主义，救亡真理。睿智先贤，播种宣扬，群英沪上齐会，南湖筹谋酝酿。一九二一，吾党成立，宛若奇葩，绚丽东方！

吾党之立，民心所向。立党伊始，即明党纲，无产阶级，党之根本，社会共产，党之方向。南昌起义，打响革命首枪，秋收暴动，分田分地真忙。镰刀斧头，系不败之力量。众志成城，集散沙若金汤。党民团结，聚滴水成巨浪。是以，渡赤水、夺铁桥，克枪林弹雨。翻雪山、踏草地，破艰难万险。乌蒙磅礴，如走泥丸，五岭逶迤，似腾细浪！五反围剿，会师井冈，筑革命之基石，若涅槃之凤凰。内除军阀，外驱倭寇，解黎民于倒悬，救民族于危亡！是以，三大战役，得全国之解放，海峡内外，告中华之崛起！

吾党之兴，民族之望。建国之初，百废待举，经济不振，事事维艰。吾党决策英明，万众齐心并肩，不惧千难万险。邻邦有难，全力驰援，百万雄师，跨过江畔。背信弃义，苏联翻脸，举国上下，党民一线，自力更生，坚挺向前！

吾党治国，发展为要。兴利除弊，创造福祉，拨乱反正，消除祸患。复百姓之生息，平十年之牢冤。三中全会，开国人之思想，先进制度，促经济之小康。一国两制，赢得港澳回归。小平南巡，改革得遇春天。市场开放，经济得以腾飞。三个代表，彰显民生民权。八荣八耻，诠释科学观念。神舟飞天，伏强国之威望。奥运梦圆，示大国之风范。世博盛会，聚世界之焦点!

时至今日,春荣夏茂,百业兴盛,四海同宅,五湖同服。是以,洪水难挡,汶川不倒,玉树坚强!歌哉唱哉,九十年风雨道,创伟业之辉煌!

今岁在辛卯,吾党九十华诞,桥亘长虹,天命滔滔,紫宫未央,山河酬唱。谨以此赋,书景曜之韡韡,歌华柱之巍巍!

湘江赋

陈鸿波

溯源八桂[1],泽重三湘[2]。上注漓溪[3],下倾燕壑[4]。千年一脉流长,万里吞容百派。历尧皇[5]厚德,鉴舜帝[6]清音。察光武之中兴,见康乾之盛世。缓旱排涝,滋苗润亩。调经度纬,恤土安民。无雄文之礼赞,虚怀默默;无鸿篇之吟颂,不失滔滔。今著新词,堪补遗墨。潜寻芳韵,点缀风骚。

浩荡江天,乾坤正气。一川锦绣,万顷烟波。漓水分而出苍梧[7],湘路接而入九嶷[8]。左右稻菽如浪,上下舟艟如萤。龙泡神池,蛇腾镜宇。耒洣[9]相济,涟渌[10]从融。两岸芳草萋迷,千树红霞遮眼。微风起而紫雾生,晓露酣而白云舞。春来江水如蓝,满目仙境;日出江花胜火,一派瑶光。洲渚丛生,沙汀罗布。画眉浅唱,彩凤来仪。

有湘灵鼓瑟,有桂魄弥江。有湘女当歌,有骚人作吊。清澄澈碧,鸥影集于云帆;醽醁清凉,桨声遁于灯影。湘竹[11]凝斑,娥皇女英[12]之泪滴;湘君奉祀,舜妻尧嫒之祠宗。青山隐日,赤练藏朱。春夏巡还,秋冬交替。月上三更露落,霜寒小九情衷。潮平而阔两岸,风正更挂千帆。蟹屿螺洲,水晶盘中涌动;珠帘画栋,斜风江上峙矗。钟灵毓秀,映碧流丹。白鹭翔天而商贾结,渔鹰浮水而景象新。星泛涟漪,落弈手之棋枰;水浸波澜,撩思人之耳目。

福地无伤,史图有传。通灵宝玉,遍地圭璋。人杰地灵不虚,物华天宝唯美。控荆襄瞻观华夏,联湘楚耀显神州。虞舜崩葬零陵[13],神农晏驾酃县[14]。二女投江敬曰湘妃,灵均[15]濯水尊称屈子。贾谊[16]贬长沙非文帝之过,黄忠[17]归炎汉适有道之君。欧阳询[18]何绍基[19]书界奇才,齐白石[20]陈少梅[21]画坛领袖。院名岳麓[22],朱子讲经而声威震;亭名爱晚[23],杜牧游山而秋意浓。洞庭浩淼之波,忧乐浩然之气。范希文[24]关情二字,滕子京[25]修葺一新。曾胡[26]中兴之能臣,用兵调和鼎鼐;彭左[27]封疆之大吏,治国参赞军机。怀素[28]种蕉,书通神鬼;少陵[29]逐客,诗泣沧桑。日出东方[30],韶山自闻钟磬;虎生乌石[31],湘潭独孕将才。宁乡[32]出治国之人,衡东[33]有谋兵之帅。蔡都督[34]为革命成仁,程省长[35]为民生取义。军政绝伦,文风领冠。英雄辈出,烁古震今。起风腾龙,尽是业界之精华;含珠蕴玉,总属人前之翘楚。

春秋轮转,岁月绵长。勘察通渠,定现千年宝镜;官民力治,合享万世澄明。历史星河,人间大泽。荷叶擎天而芙蓉竞放,江枫引火而列宿高垂。心之所系,莫过国风;笔之所为,终是颂雅。恒古于斯,三曹[36]才竭。咏之幸甚,舍我谁当?

【注　释】

[1]八桂,广西也称八桂大地。

[2]三湘,湖南也称三湘大地。

[3]漓溪,湘江上游与漓水分支,漓水注入漓江,合流处称漓湘。

[4]蒸銮,湘江下游与蒸水合流,称蒸湘。

[5]尧皇,传说中的上古圣贤之君。

[6]舜帝,传说中的上古圣贤之君。

[7]苍梧,借指广西一带。

[8]九嶷,九嶷山,在今湖南零陵地区宁远县,零陵与广西交界。

[9]耒洣,指耒水、洣水,在湘江中游注入合流。

[10]涟渌,指涟水、渌水,在湘江下游注入合流。

[11]湘竹,指湘妃竹,传说舜帝南巡崩于苍梧,其妻娥皇、女英二人寻夫投于湘江,其泪洒于竹上,留有痕迹,故湘妃竹上有斑点。

[12]娥皇女英,尧的两个女儿,同嫁舜帝为妻,投湘江死后被称为湘

妃、湘君。

[13]虞舜崩葬零陵，舜帝南巡，崩于苍梧，葬今湖南零陵地区宁远县九嶷山。

[14]神农晏驾酃县，神农尝百草逝后葬于湖南酃县，现为湖南株洲地区炎陵县。

[15]灵均，战国时楚国大夫屈原，亦名灵均，曾贬湖南，投汨罗江而死。

[16]贾谊，西汉文帝时人，著名政治家、文学家，著有《过秦论》，曾贬于长沙。

[17]黄忠，三国时蜀汉五虎上将之一，字汉升，曾守长沙，后归附刘备。

[18]欧阳询，潭州（今湖南长沙）人，唐初著名书法家，创“欧体”，中国古代四大楷书家之一。

[19]何绍基，湖南零陵地区道县人，清朝著名书法家，与傅山、邓石如并为“清代书坛三杰”。

[20]齐白石，湖南湘潭人，近代著名画家。

[21]陈少梅，湖南衡山人，近代著名画家。

[22]岳麓书院，中国古代四大书院之一，位于湖南长沙岳麓山，南宋朱熹曾在书院讲学。

[23]爱晚亭，中国古代四大名亭之一，位于湖南长沙岳麓山，因唐朝诗人杜牧《山行》诗而得名。

[24]范希文，北宋著名政治家范仲淹，字希文，曾写《岳阳楼记》，记中有“忧乐”之言。

[25]滕子京，北宋官员，范仲淹同年进士，范的好朋友，知湖南岳州时曾主持重修岳阳楼。

[26]曾胡，指清朝大臣曾国藩、胡林翼，均为湖南人。曾国藩曾任两江总督、直隶总督等职，被称为清末“中兴之臣”，胡林翼曾任湖北巡抚。

[27]彭左，指清朝大臣彭玉麟、左宗棠，均为湖南人。彭玉麟与曾国藩、左宗棠并称“大清三杰”，左宗棠曾任陕甘总督、闽浙总督。

[28]怀素，唐朝高僧，著名书法家，湖南人，曾种蕉习书，有狂草作品

《自叙诗》传世。

[29]少陵，唐代诗人杜甫，别号少陵。曾逐居长沙，在湖南曾有诗句"吴楚东南坼，乾坤日夜浮"。

[30]日出东方，一代伟人毛泽东出生于湖南湘潭韶山冲。

[31]虎生乌石，开国元帅彭德怀出生于湖南湘潭乌石乡。

[32]宁乡，湖南长沙附近县名，刘少奇出生于宁乡县花明楼。

[33]衡东，湖南衡阳地区县名，开国元帅罗荣桓出生于衡东县。

[34]蔡都督，指蔡锷，讨袁名将，曾任云南省都督，湖南邵阳人。

[35]程省长，指程潜，国民党元老，湖南醴陵人，1949 年在湖南长沙投诚起义加入人民新政府。

[36]三曹，指三国文学家曹操、曹丕、曹植父子三人，皆为当时著名文学家，精于诗赋。

【作者简介】

陈鸿波，男，1977 年生，中共党员。中华诗词学会会员，湖北省作家协会会员，黄冈市作家协会会员，高级书画装裱师。曾在多家报刊杂志发表文学作品 100 多万字，多次在全国文学征文竞赛中获奖，有多篇作品入选各种文学书籍。

黄安赋

陈鸿波

名垂华夏，地属鄂东。身交楚吴，脉连豫皖。古系黄州之辖，今有兵县之尊。开域四百年，渊源既远；民丁七十万，文武兼修。得山川之旎丽，接风水之荫余，受天地之灵根，感阴阳之恩泽。钟灵毓秀，春秋并茂；披霞嵌锦，冬夏分明。文厚学先，将军三百，铁马金戈建开疆之业；地灵人杰，天柱两朝，雄韬伟略立兴国之功。兵戎骤起，多出干城之将；鼎鼐调和，常有社稷之臣。湖广明珠，水晶盘中红宝石；神州圣地，芙蓉帐里紫荆花。青史名标，丹心血记。天工勒石，文曲题铭。一赋万象包罗，千载雄姿英发。黄安丰碑隽永，长河史册堪存。

水秀福地，山明洞天。紫气萦回，霞光环绕。倒水举水，如二龙腾飞；天台老君，似双虎抢食。八里有吴氏之祠，画栋雕梁，为乾嘉旧物；柳林有双城之塔，凌云耸日，是蒙元遗篇。金沙河浩淼之波，壮阔穷涯，碧浪淘天惊三尺；香山湖柔情之水，潺湲有味，晴烟束练舞千条。九焰山藏薛刚之兵，满地枫栌，每到三秋燃鬼火；太平桥救洪武之驾，一家恩义，后来登位授天封。似马重峦，一峰独秀；五云苍岭，单掌嵯峨。李贽著书，常居彼处；三耿讲学，又在此间。天台洞龙天窝，多间书院源一派；龙潭永安介林，三座古寺合菩提。二程旧里，昔日曾传徒立雪；董老故居，今人又见榴花红。九龙冲云蒸霞蔚，缘伟人诞生；红马寨虎踞龙蟠，助英雄创业。桃花之塔院，李聃之药臼，细节勾描生故事；红军之兵洞，太清之棋枰，图真附说造奇闻。山名裸子，鸟语花香，汉柏秦松护二馆；街云长胜，名高气壮，古砖旧石映千年。

龙伏龙威，虎生虎胆。才人辈出，后继绵延。赫赫文功修圣业，巍巍武脉衍雄才。二程奠理学之基，定向建县城之邑。桑梓儒风，家有儿郎皆进学；黎民遗俗，户余钱币尽读书。德积礼兴，时人称好；邻和里睦，乐业安居。必武为国忘家，先入同盟，后导起义，不愧南湖一席；先念杀身成仁，起于军旅，终就兴邦，实乃大国高勋。韩先楚外号旋风，取东北，收海南岛，能打赢外域之战；陈锡联威名钢炮，围淮海，袭阳明堡，有击毁天鹰之功。秦基伟解放郑州，上甘岭力歼强寇；王近山抢夺襄阳，五圣山谱写新歌。王建安军政双全，是山东一虎；周纯全后勤首席，实粮草先锋。谢富治郭天民，前期多功；王诚汉刘华清，后起之秀。破济南，守塔山，皆黄安之将；突中原，攻上党，亦我域之军。元勋三位，上将九人，一县绝无仅有；中将十二，少将两百，千邑罕世难寻。十营留守，这里八总镇；八方殿帅，此地六骠骑。省厅大员，不胜枚举；英模先进，更是多矣。革命三十年，前仆后继，十四万儿女抛头饮血；征战二十载，水深火热，三万多烈士削首捐躯。英雄驱虎豹，当仁不让；豪杰诛熊罴，一马开先。

武德扬天，文华领冠。名擎寰宇，耀显东方。张培刚经济之耆宿，冯天瑜历史之精英，叶君健文学之风骚，周永基兰亭之翘楚。吴恒权江绍高，报坛之双璧；李小林董良翬，文界之二珠。二程遗风，至今承继；三耿治学，与时俱新。中学为体，西学为用，观念通而人皆向学；传统为衣，创新为革，思想熟而士必争先。科教兴国，妇孺老少齐努力；饮水思源，上下左右俱咸亨。村学乡学县学，设施更新出砖瓦；官心民心良心，干群一体育栋梁。

桃李无言，稻菽有实。良田沃土，碧野青山。堰塘点点，如星子落于棋盘；河道条条，若丝弦缠于琴瑟。由北向南，人勤地暖；经南到北，燕舞莺歌。开门万户新，春雨洗到千山滴翠；在家一堂笑，夜幕来临众烛摇红。物阜民丰，千载此时欣盛；任重道远，一刻不得闲弛。

路远长思，恩多守道。勿恃旧宠，再立新功。进取图强，但以褀裘承祖泽；高瞻远瞩，惟将艰巨付儿曹。士农工商，齐头并进；梅杏兰桂，遍地开花。今著骚词，不求一格。随缘作赋，何必丰盈。但得有珠玑缀玉，不必要永久长生。

我亦黄安人，生于赤土地。漂泊山水间，醉迷红尘里。干戈乱世起坎坷，血染征裳尸满河。爱听英雄还梦境，常回故里认铜锣。[1]

【注　　释】

[1]小小黄安，人人好汉。铜锣一响，四十八万。男将打仗，女将送饭。——《黄安谣》

【作者简介】

陈鸿波，见《湘江赋》。

敦煌赋

李茂锦

丝路都会，瀚海明珠；敦大煌盛[1]，源远流长。守西域之门户，迎东方之锦霞。文化圣地，旅游名城；情萦古今，名闻遐迩。

汉武拓疆，列四郡、据两关[2]；唐宗兴业，通九州、睦万国。花雨飘兮临罗马，彩云飞兮入长安。改革开放，沐春风，引凤鸾；旅游立市[3]，通铁路、扩航线。美酒举兮迎宾客，飞天起兮游太空。壮哉！汉唐气象，丝路雄风；美哉！中华盛世，敦煌舞乐。

神游丝路，梦萦敦煌。三危佛光，照沙州之大地[4]；莫高宝窟，映人类之文明。古关驼铃，传唐人之绝唱；丝路彩虹，跨欧亚之长桥。月泉鸣沙，现大漠之奇观；雅丹地貌，叹自然之神功。渥洼天马，引汉武之高歌；悬泉汉简，令世人之震撼。敦煌沃土，绽艺术之异彩，张索故里[5]，飘翰墨之遗香。追往事，话沧桑。喜渝都画展[6]，菩萨走出佛龛；赖天府骄子[7]，事业后继有人。恨夷人劫掠，国宝痛失海外；幸红旗漫卷，敦煌喜获新生。情飞九霄，思接千载。传圣火，耀石窟[8]；续文明，歌盛世。琵琶反弹，看古城新貌风情美；飞天翩舞，感阳关古道春风暖。

大敦煌，美沙州。天降瑞，地生金。祁连雪乳，绿洲膏腴；大漠光热，清洁能源。[9]党河萦带，织两岸之锦绣；民风淳朴，奏四方之笙歌。瓜果飘香，葡萄竞秀；矿产繁多，钒业称王。[10]耕耘热土，心血倾而奇迹生；投资宝地，梧桐茂而凤凰聚。

盛世思源，与时俱进。党指小康道，人建幸福园。文化盛、旅游兴，奏阳关之新曲；光电照，葡萄甜，增丝路之辉煌。[11]

【注　释】

[1]东汉地理学家应劭诠释“敦煌”的含义为：“敦，大也，煌，盛也。”

[2]列四郡、据两关，指武威郡、张掖郡、酒泉郡、敦煌郡，阳关、玉门关。

[3]旅游立市，为敦煌市委、市政府根据敦煌实际确立的敦煌发展指导思想。

[4]沙州，为敦煌古称，唐代有沙州，清代有沙州卫，现有沙州镇。

[5]敦煌为东汉著名书法家张芝和西晋著名书法家索靖的故里。

[6]渝都画展，指张大千1943年在重庆举办的敦煌壁画临摹展。

[7]天府骄子，指段文杰，他是继常书鸿之后敦煌研究院的第二代传人。

[8]2008年7月5日，奥运火炬在敦煌莫高窟前传递。

[9]敦煌日照时间长，是建设光伏光热发电场的理想区域。2009年12月30日，全国首个敦煌10兆瓦光伏并网发电示范项目投产发电，标志着敦煌新型能源开发步入新天地。

[10]敦煌境内金、银、钒、磷等矿产资源非常丰富，其中钒的储量居全国第二。

[11]“文化盛、旅游兴”和“光电照、葡萄甜”借指敦煌市委、市政府“三城一基地”（文化艺术城、国际旅游城、大漠光电城、葡萄基地）的奋斗目标。

【作者简介】

李茂锦，男，汉族，大学文化，中共党员，中国作协甘肃分会会员，敦煌市文联副主席、敦煌市作协主席，发表敦煌题材的诗歌、散文、小说500余篇（首），出版《敦煌旅伴》、《敦煌诗情》、《古人咏敦煌》等诗文集五本。

黎村巨变赋

林冠群

昔蒙昧其烟瘴兮，哀烝民之凄悲。巢林莽以结茅兮，居船屋[1]为村墟。猎禽兽以燔食兮，知醯酱为何味？常鼻饮而川浴兮，无父子之伦常。被圣人之窃笑兮，载典籍其何妨。自汉武而辟郡兮，常叛服为何因？酷吏虐其族类兮，贪官劫其蓄藏。矧羡其少女之美鬓兮，至杀人而取发！[2]岂教化之所被兮，实视其为猿猱。扫穴犁庭，灭其噍类；防限围堵，有萌必摧。虽天道之覆育，竟无辜而就戮。远遁山林以避祸兮，甘化外之骆属。

越千载之更化兮，剿黎之患未了。更深山而远窜兮，何村寨之寂寥。风泠泠兮冷泉，叶簌簌兮山蕉；潭水清其影吊，人羸弱其枯槁。裸袒犊鼻，衣不被体；钻木取火，燧人之族。出入山林，不履廛市；弓镞随身，与世为敌。远彼帝都兮，如飞鸟之避罗网；怵彼官军兮，如困兽之惶惶。赖森林之瞑晦兮，有沟壑其为防。全村落于林薮兮，蔽老幼于峒坞；月色侵其竹榻兮，淫雨败其茅屋。蛇鼠害其禽畜兮，野兽惊其怛瘖。啼饥号寒其不免兮，更瘟疫之夭亡。悲族类之零落兮，历世变其哀伤。

黎家之仇怨兮，积比五指山高，黎家之苦水兮，流比万泉河长。悠悠岁月，何日明光？

幸有头人王国兴，一心跟定共产党。举赤帜于白沙兮，驱走丑恶之“刮民党”！荡开浓云迷雾兮，见丽日于五指；迎来海晏河清兮，兴实业于三亚。历六十载艰苦创业，举百十万汉黎同胞之力齐心奋斗，廓清蛮烟瘴雨，建设美好家园。

今日黎村景象，不复昔日蛮荒。有祥云兮叆叇，有喜雨兮沛浆；无疫瘴之肆虐，无酷吏之张狂。茅寮易以砖瓦兮，小楼立于青林；荆篱易以墙垣兮，宅院布乎村巷。槟榔芒果溢芬芳于几席，红棉花树斗鲜艳于郊原。屋有时新电器，不见烟熏火塘；家家卫生整洁，不见牛畜污脏。无山重水复之隔绝，有车水马龙之坦途；无鸟语鴃舌之隔阂，有欢歌笑语之倾诉。沟谷溪峒不复巫神蛊毒兮，丛林村寨喜见明月晶光。岂可杀牛祭鬼，病入医院诊详；岂可生食蛇鼠，已尝美食鲜汤。但见风光秀美兮，何瘴疠之忧伤？有清风之徐来兮，听百鸟之啼唱；步层丘以入雨林兮，听飞瀑而下幽涧；见百丈之古木兮，扶千尺之藤秧。山藏极品温泉，冬无飞雪严霜。呼野牧之群牛，赶崖畔之山羊。孩童入学上进，青年就业争光。有老妇精织黎锦兮，有秀女欢跳竹竿舞；有精英治国安邦兮，有学者究重生之民族。憎封建之剿抚手段，拥民族平等之宪章。喜咱黎家幸有今日之巨变兮，男女老少尽情把歌唱。丰年阜物以歌岁月兮，志坚心定跟党奔小康。

【注　释】

[1] 船屋，指黎族村寨中常见的形似船只的茅屋，称"船形屋"。

[2] 据《太平御览》卷 33 引《林邑记》，"朱崖人多长发，汉时郡守贪残，缚妇女割头取发，由是叛乱，不复宾服。"又据《三国志·吴书·薛综传》等书载，也有割头取发去给贵妇们装假发之用。

【作者简介】

林冠群，男，1943 年生。原《海南日报》社总编助理。

中共中央在香山赋

——为中国共产党九十华诞放歌

于海洲

夫香山，处京畿[1]之右翼，紫禁城之西郊。林木繁荫，郁葱葱参天之松柏；峰峦环抱，曲弯弯匝地之山坳。叠翠重冈，来朝帝阙；流丹险嶂，上接云霄。[2]五月花开，香飘岩岫；九秋霜染，火漫栌梢。远而望之，氤氲[3]有藏龙之瑞气；入而居者，贤俊皆开国之英髦[4]。

三大战役弭兵[5]，奠定重整河山之基础；二中全会[6]落幕，高举革命到底之旗杆。告别西柏坡，香山为驻京首选之宝地；创立新中国，领袖为大计布局而谋篇。院名慈幼[7]，有房屋三千，党中央隐宜其所；墅曰双清[8]，泻流泉两股，毛泽东居得其轩。迁入北平，西苑举行盛大阅兵，示人民军队无坚不摧之神勇；调查社会，深山组建劳动大学[9]，保中共中央首长人身之安全。敌特活动猖狂，暗杀凶险；公安警卫严密，破案除奸。中共中央在香山，揭开历史转折之新页；同志同胞求解放，待掌人民做主之政权。

呜呼！战争无情，摧残多少将士之生命，破坏多少沃土之农耕，消耗多少宝贵之物力，毁灭多少幸福之家庭？和平，惟和平能休养生息；和平，求和平更需要斗争。辽沈、淮海、平津烟消，蒋介石战场失利，内外交困，被迫而下野；收残、喘息、卷土重来，挽败局护伪宪法，保存军队，求和假休兵。在香山，面对国民党和平攻势，毛泽东发表严正声明；揭穿假和真战之骗局，提出八条[10]谈判之准绳。谈判桌前，周恩来折冲樽俎[11]；协议书上，国民党拒签逆行。和谈失败，咎在南京。

于是阴霾[12]复起，内战弥张。在香山，毛泽东决策果断，总司令发号铿锵。钟山风雨起苍黄，百万雄师过大江。[13]总统府前白日[14]落，石头城[15]上赤旗扬。既而南京鸡唱[16]，上海解放；蒋退守台，隔海为障。是中华领土，早晚归宗；告台湾当局，勿持观望！国共携手前途广，最合天心；民族和解愿景宽，当仁莫让。

建国大计，非同等闲；广开言路，聚纳群贤。和民主人士倾谈，集思广益；建多党合作政体，国是共参。在香山，发起新政治协商会议，拟就《共同纲领》草案，审议，修改，通过，会签；在香山，赶撰《论人民民主专政》，毛泽东亲自执笔，彻夜不寐，鸿著指南；在香山，筹备新中国开国大典，预制国旗，设计国徽，确定国歌，选举政府首长，按部就班；在香山，为恢复国民经济而采取措施，克服财政困难而精心谋划，发展生产，做好宣传；在香山，为祖国全境解放擂响战鼓，成立新中国，蓝图巧绘，改地换天。

美哉！香山。风景之山也，人文之山也，红色之山也，幸福之山也。周总理说："要记住这个地方"，永记其丰富之革命内涵！

【注　释】

[1]京畿，国都附近的地方。

[2]叠翠四句，李晏《香山纪略》："西山苍苍，上干云霄，重冈叠翠，来朝皇阙。"

[3]氤氲，形容烟或云气很盛。

[4]英髦，指才智杰出的人。刘峻《辨命论》："昔之玉质金相，英髦秀达。"李善注："髦，俊也。"

[5]弭兵，息兵，停战。

[6]二中全会，指中共七届二中全会，1949年3月5—13日，在河北省平山县西柏坡召开。

[7]慈幼，香山慈幼院。1920年熊希龄以济贫抚孤为宗旨创建于香山静宜园。

[8]双清，香山寺脚下，有两股清泉从山石中潺潺流出，清朝乾隆皇帝题"双清"二字于石壁之上。熊希龄开办慈幼院，在"双清"建一座漂亮的别墅，故名"双清别墅"。毛泽东在香山时居此。

[9]劳动大学，实是中共中央机关，为安全保密而取此名。

[10]八条，即惩办战争罪犯；废除伪宪法；废除伪法统；依据民主原则改编一切反动军队；没收官僚资本；改革土地制度；废除卖国条约；召开没有反动分子参加的政治协商会议，成立联合政府，接收南京国民党反动政府及其所属各级政府的一切权力。

[11]冲，古时用以冲击敌城的战车。折冲，挫败敌人。樽俎，酒器和放肉的祭器。原指在樽俎之间定下妙计，终于制胜对方。语出《战国策·齐策五》。后泛指外交谈判制胜对方。

[12]阴霾，空气中因悬浮着大量的烟、尘等微粒而形成的混浊现象。比喻战争的硝烟。

[13]钟山二句，语出毛泽东《七律·人民解放军占领南京》。

[14]白日，指国民党"青天白日"旗。

[15]石头城，指南京。三国时诸葛亮形容吴国首都建业（今南京）的地势时说："钟阜龙盘，石城虎踞，此帝王之宅。"

[16]鸡唱，毛泽东《浣溪沙·和柳亚子先生》有"一唱雄鸡天下白"之

句，此用其意。

【作者简介】

于海洲，号菁莪居主人，1946 年生于辽宁省昌图县，现定居北京。毕业于原辽宁师范学院中文系。现任《中国诗赋》执行主编，多种辞书、刊物编委。

建党九十周年赋

何智勇

论中华之有党，实自古而已然。当九州之衰弊，荡五内[1]之波澜。壮士怀忧，愿布胸襟之悃愊[2]；英才扼腕，欲拯黎庶之痌瘝[3]。于是揽辔登高[4]，表丹心于白日；辩朋论党[5]，明素志于青编。竞作长沙[6]之策，纷陈屈子之篇。李杜迎风，严斧欲诛珰丑[7]；顾高[8]聚众，直言痛诋妇阉。革弊永贞[9]，欣国家之多士；骋才元祐[10]，望社稷于奠安。然则诸贤事业，煌煌而大，鼓清风于一时，惜蒇事于无日，何若我中国共产党，虽历风凄雨苦，终成海固山磐。破浪乘风，方生东国年九秩[11]；立业开基，原在南湖船一帆。

呜呼！当清朝之季，国步将亡，风怒云阴，家邦骤陷于水火；纲澌纽解[12]，社稷顿加乎刀枪。尽望凤麟，切切弭兵立政；何期蝼蚁，纷纷裂土分疆。谋国之人，望觉民以醒世；偷天之盗，妄刻印以称皇。[13]当斯时也，我中国共产党起，以涓流之微细，发巨响而洪煌。所为岂在私利？大志欲安故邦。开伟业以惊天，宗马列之真理；抱雄心而救世，聚工农于城乡。宣事业之纲领，立革命之典章。团结工农，旗画镰弯锤直；缅怀烈士，色分底红图黄。于是恤工友之寡薪，毁机器于城市；怜农夫之无土，分田亩于村庄。既起义于上海[14]，复建军于南昌。巨火燎原，摧枯朽于千里；军歌遍野，集兵民于四方。长征两万五千里，渐齐心而协力；转战一年十四省，经春雨与秋霜。终至三大战役，重安民与定国；千年山河，复鲸翦而虺藏[15]。

我党建立九十年来，与民同甘同苦，与国共戚共休。与工农大众鱼水相连，与民主党派风雨同舟。革命已成，既安邦本；建国伊始，乃展民猷。制国民经济规划而落实，惠及千家万户；定国家外交政策以和平，誉满四海五洲。迨至改革开放，我党启新谋而共举，革旧弊而不留。工业农业，俱凭改革焕活力；私企国企，争入市场领风流。以至山林尽自得之鸟，江海皆不惊之鸥。党心犹民心，欣逢盛世回汉唐；国事即家事，再写新篇壮春秋！歌曰：

我党之风，终高且远。立政循章，安民有典。

宜宝宜尊，矢勤矢勉。德业荣滋，辉光丕显。

【注　释】

[1]五内，即内心。

[2]悃愊，忠诚的样子。

[3]痌瘝，痛苦。

[4]揽辔登高，东汉范滂是清议的著名人物，被宦官下狱。他曾揽辔登高，慨然欲澄清天下。

[5]辩朋论党，欧阳修曾作《朋党论》。

[6]长沙，即贾谊。

[7]李杜，东汉著名清议人物李膺和杜密的合称。珰丑，即太监。

[8]顾高，明朝东林党的领袖人物顾宪成和高攀龙的合称。

[9]永贞，唐顺宗年号。其间，王叔文、柳宗元等结党，革新政治。

[10]元祐，宋哲宗年号。元祐期间，司马光等为相，后被蔡京等诬为"元祐奸党"。

[11]九秩，即九十年。

[12]纲澌纽解，即王纲解纽，比喻国家将亡。

[13]这句是说军阀纷纷割据称王，不管民生困苦。

[14]我党第一次武装起义于1926年发生在上海，因准备不足而失败。

[15]鲸、虺，比喻反动势力。

【作者简介】

何智勇，男，生于安徽庐江，现居杭州。浙江辞赋学会常务理事，绍兴作家协会会员。中国古典传统文化爱好者，尤喜诗赋。

党旗赋

姚 平

旗者信号之帜，党者政团之魂。无产阶级政党，与农民阶级结成联盟。铁锤象征工人，镰刀象征农民。中国共产党自一九二一年诞生，至二〇一一年，已至九十周年。风雨征程，辟地开天，为赋以颂之。

瑶天盗火救中华，马列真经到东亚。南湖船上点星火，党旗飘扬海山涯。指引航程闹革命，反帝反封事如麻。八一起义抓枪杆，井冈道路走龙蛇。长征二万五千里，陕北扎根开了花。宝塔红旗光辉照，敌后抗日展风华。平型关上坂垣死，阳明堡中日机炸。三年解放三大役，摧毁蒋帮建国家。

建国之初，弊绝风清。三大运动，地动天惊。民主改革，雷厉风行。不料“反右”扩大化，“文革”起风云。改革开放，大放光芒。扭转乾坤，建设为纲。天翻地覆，变了模样。民安国泰，震惊西方。迎接挑战，两胜金融风暴；抓住机遇，几做大块文章。卫星巡天，收罗太空信息；嫦娥奔月，探索宇宙通航。京沪高铁，试验时速四百八；杭湾铁桥，跨海公里三六长。歼十为飞机增色，航母为领海添光。一枝独秀扬华夏，全球注目向东方。

党旗红，党旗亮。七千万人作核心，十三亿人造希望。天为之变蓝，地为之康庄。民为之幸福，国为之富强。全党关心十八大，全民瞩目党中央。为伟大民族复兴凌空招展，为社会主义建设迎风飘扬。为诗以赞之。诗曰：

镰刀锤子耀中华，招展红旗壮国家。

经虎军龙天变色，文凰科凤地生花。

一枝独秀全球瞩，卅载群芳举世夸。

海北山南何处有，东风漫卷照无涯！

【作者简介】

姚平，1932年生，江西兴国人。毕业于南京空军政治学校。曾任陕西诗词学会秘书长。世界汉诗协会常务理事兼陕西联合会会长、辞赋委员会副主任，中华辞赋家联合会副理事长、《中华辞赋报》副总顾问，中华诗词学会、中国楹联学会、陕西省作家协会会员，雁塔诗词学会名誉会长，《雁塔之声》主编。入典70余部。

神舟飞天赋

王子科

浩浩天涯，藏古今多少神圣？茫茫宇宙，隐人间几许未知。乾门月阙，仙人浮槎，斗柄玉衡，流星横渡。维我华夏，载仰载望，嗟我炎黄，亦浮亦想。以箕簸扬，斗挹酒浆[1]，分野垂阔，星宿列张。屈子捶天百问，董儒感应交相。[2]织女梭动青冥，牛郎担走河梁，广袖飞天嫦娥，赤膊樵夫吴刚。穆王巡天，驻跸昆仑之墟，青鸟接引；[3]明皇失爱，潜游碧落之庭，钿钗重合。[4]

吁唏！思接訇峒，只增空谈。心连浩茫，徒添遐想。神匠技动奇巧，巡天遥看尘寰。奇肱飞车风去来，鲁班木鸢云中飘[5]，万户火箭以身殉，冯如飞机命殒消。[6]递世以近，华夏多舛，举步空中维艰。而西兴科技，舰扣海阍，蓝疆顿开，强寇器利，瓜分豆剖，遂令中华披辱，继遭百年蹶蹉。鸡鸣风雨之中，栢砺岁寒之后。[7]仁人志士，披肝胆以寻觅；邦杰国士，奔匍匐而来救。血沃中原，花香大地，五星出于东方，民心聚于斧镰。大方之隅，国而称焉；病夫之体，强且壮焉。遂有星空之瞻望，终铸飞天之辉煌。

公元一九七零，首颗卫星升空。东方红曲清音传，宇落碧响中国声。骐骥一跃，为谋千里之志；龙跃于渊，冀披霓光霞彩。自兹至今，璀璨霄汉，闪烁我华补天之钉；九州胜地，遍布炼彩锻石之英。[8]卫星回收，一箭多星，对地静止，光遥测量，地控海控，北斗导航，雄心直扣天穹，航天能夸巨擘。人民有竞进不息之姿，神州现丰盈亭立之态。履陟新元，佳音更传，神舟系列，弹天之丸，载人翱翔，天人共叹。利伟利兮何其伟，俊龙俊兮若蛟龙。[9]浩荡青冥兮亮我明眸，晶莹剔透兮观我家邦，健行不止兮振我精神，亿众瞩目兮扬我国威！

国之雄心，不可以束以疆，故文以化成天下；国之梦想，未可以拘于域，故游以感通天外。方今中国，际逢运祚，势若鹏起。神舟飞天，宜其时也；破迷逾障，安可阻乎！因赞曰：一圭明轮翩翩转，两翼神舟款款飞。晤日寰宇轻举步，参天五星耀国威。赤县从来多遐想，而今苍茫始涉足。山陵河海齐仰首，共叹阊阖谒紫薇。

【注　释】

[1]见《诗·大东》。

[2]屈原《天问》中有对天地自然奥秘的发问，汉代大儒董仲舒提出"天人感应"说。

[3]见《穆天子传》中周穆王与西王母相会的故事。

[4]见白居易《长恨歌》。

[5]分见《山海经》和《墨子》的记载。

[6]万户是明朝一位勇敢飞天的英雄；冯如是近代我国著名飞机设计师。

[7]分见《诗经·风雨》和《论语》，喻指不屈不挠的志士。

[8]取女娲炼五彩石以补苍天的典故，代指英才辈出的航天人。

[9]借用航天英雄杨利伟和费俊龙的名字，代指所有航天员。

【作者简介】

王子科，1965年8月生，河北丰南人。现为中国环境管理干部学院中文教研室主任，有论著《中国传统文化精神指要》、《易经天人观与生态文明建设》等。

中国共产党赋

朱文芝

岁寒方识松柏，危难更知辉煌。壮士多喋血，枭雄如虎狼。至中国共产党，气象一时新，喷薄如朝阳。

伟哉共产党！流血不流泪，百战求解放。浦江惊雷，南湖涌浪。主义为先，工农武装。扬威武昌，建军南昌，星火井冈，抛颅洒血寻常；雄关漫道，铁骨丹心柔肠。铁马金戈，苦难辉煌；信念如铁，脚步铿锵。终得国家独立，人民幸福安康。中国共产党，百炼始成钢。

勇哉共产党！万马齐喑时，大气而激扬。赤旗高举，风雨起航；中流砥柱，民族荣光。打倒军阀，驱逐列强，风起云涌，寇顽惊惶。自力更生，独秀东方。更喜改革开放，神州蒸蒸日上。中国共产党，寰宇写华章。

烈哉共产党！大钊就义时，从容而激昂。志敏清贫，靖宇坚忍；投江跳崖，山河悲壮。龙潭虎穴，忠于理想，无名英雄，一心为党；粉身碎骨，气宇轩昂。前仆后继，无怨无悔，生命不止，奋斗不息。中国共产党，忠诚耀篇章。

贤哉共产党！为官担道义，为民福一方。战场作勇士，发展当模范，工作冲在前，和谐作榜样。从善如流，虚怀若谷；为民服务，精益求精。中国共产党，点滴见阳光。

壮哉共产党！英雄接踵至，火种代代扬。胡兰献身，堪称壮烈，思德牺牲，领袖颂扬。共产党员，胸怀人民，勇于担当，感天动地，四海激荡。请看今日之域中，大旗竟是谁人掌！中国共产党，根深树更旺。

风雨兼程九十载，峥嵘岁月谱新篇。大江东去，一往无前；大鹏展翅，一飞冲天！共产党员，创先争优，锦绣文章！

【作者简介】

朱文芝，女，1976年生，安徽蚌埠人，中共党员，大学文化。作品被《中国青年报》、《解放军报》、《人民教育》等报刊杂志所采用，并多次获得全国散文、诗歌大奖。

锤镰赞

吴东平　肖　琼

滚滚长江东逝水，几多英雄儿女，笑谈樯橹。中华之多壮美，物华而天宝，地大且物博，名言海外，威震四方。睹昔时九州神韵，风伯为之清尘，雨师为之洒道，千百年间，几无所阻。

孰料平地惊雷，月日失辉，封建高楼倾危，百族深陷水火。小鬼魑魅蜂拥，殆欲灭我种族，奴我同胞，亡我母国。彼北洋政府，认贼作父，助纣为虐，赧颜无耻，狼狈为奸，全然不顾民族之大义，黎民之死生。有歌谣为证："山河碎，鬼当道；黎民哭，豺狼笑……"呜呼，苟若任人宰割而不抗争，不消十数载，必将国之不国，家无完家。此岂我炎黄子孙可忍邪？

嗟夫！天佑赤县，终不亡我族也！五四怒吼，震彻寰宇；南湖泛舟，石破天惊。伟哉吾党，据天地之大德，值阴阳之交会，发于贫瘠，起自细末，白手拼搏，艰苦卓绝。初者五十又七，今兮已近万万，是以星火之微，既成燎原之势，蔚为大观也欤！

犹闻八一枪响，井冈钟浑；更见铁索横越，高峦生寒。岁月迁流，昔日之悲壮已成今时之青史，昔日之英豪已做今朝之先烈，慨然叹息，赞曰："炎黄脊梁遍列神州，烈士忠魂血铸中华。"李公大钊，革命之前驱，毅然笑赴死；刘女胡兰，巾帼之英雄，怒目视钢铡；抗联之首靖宇，宁碎不折高节；

牢里丹娘竹[illegible]，誓死不屈玉膝。此皆吾党之砥柱中流，吾辈今人能及其于万一乎？

吾党者，真人民之党也。仰敬天，俯畏地。上承马列遗志，下顺苍生宏愿，救黎民于水火，扶大厦于倾颓，匡社稷于危难。历二十八载，外驱倭寇，内败蒋阀，天下咸归，终铸共和，普天同庆。是以群星拱日，风雨博施，万物得和以生，百姓得养以活，欣欣向荣，何负盛世之美誉哉！继而江山坐稳，金瓯已固，然终不改本色，进以服务人民为其根本之宗旨；更惟宽仁恭俭，出于自然；而忠恕诚忿，始终如一。不敝奸佞之徒，不取投机之辈。所率之军队，仁义之师也，以勇武正义冠于全球；所领之民众，优秀之族也，以勤劳友好著称于世；所立之国家，文明之邦也，以诚信博爱响彻海外：吾观古今中外，尚难有与之齐首比肩之政党也！

常忆毛邓二公，孜孜不倦，皆力挽国危于狂澜：先立共和，再行开放，大道之行，讲信修睦。又瞧泽民锦涛，寻发展，辟新径，国殷民强，端赖和谐。华夏有此优秀儿女领袖群芳，实党之大幸，国之大幸，民族之大幸尔！

时值吾党九旬华诞，宇内各族，世界侨属，齐献瓣香，共述深情。舞越歌弦，纸铺墨洒，余既得赞文一篇，一气呵成，了无矫作。拳拳赤子心，天地可鉴。为文再拜，以颂以祷，斯馨无恙！

【作者简介】

吴东平，男，湖南科技大学教育学院 2009 级小学教育专业二班学生。肖琼，女，湖南科技大学教育学院 2009 级教育学专业一班学生。

种子赋

张效彦

伟哉，中国共产党，壮哉，中国共产党。一颗红色种子，携西方基因，劈波斩浪，扎根华夏东方。

九十载，回头望，水土不服曾迷茫。弃冬宫模式，以农村包围城市，建工农武装，萌芽壮。打土豪，分田地，人民齐拥戴，冲破扼杀篱墙，高歌北上。一路披荆斩棘，左突右挡；一路挣脱桎梏，播撒民族希望。蕴前无古人后无来者之裂变，将星星之火引向膏药与青天白日旗之战场。八年浴血抗日，三年驰骋疆场，荡涤一切魑魅魍魉。立七一为诞日，树五星红旗飘扬，与民主党派共结刘关张。描蓝图，筑国体，五十六个兄弟姐妹共襄。苟富贵，勿相忘，同舟共济与民享。

三十年改革，矢志不渝开放，集民族之智慧，聚万邦之能量，快马加鞭跨越上。高峡出平湖，巨龙通天堂，收澳门，揽香港，一国两制数榜样。重开丝绸之路，再建欧亚大陆桥梁，天堑变通途，四海歌悠扬，蒸蒸日上。一座座丰碑，一幅幅画卷，帧存历史长廊。

观今日之世界，政体五花，蓝绿黑白驴象，短线炒民主，你方唱罢他登场。惟镰刀斧头辉映，奉持续科学发展观，统筹城乡。胜贞观之治，超文景乾康，将贫穷落后之冠扔进太平洋。播高山之巅兮，化青松傲立；撒戈壁荒漠兮，成沙柳胡杨；漂泊海外兮，招来龙种凤凰。须晴日，放眼望，长城固，政权稳，梯队旺。

逢盛世，莺歌燕舞，华诞日，纵情歌唱。祝吾党生日快乐，国富民强，五谷丰登，永远辉煌！

【作者简介】

张效彦，男，55岁，汉族，高中文化，农民。

石柱赋

陈鱼乐

唐武德置县，故南宾始称。峻岭秀水，地占渝东之美；奇物异产，天赐巴渝之珍。东接利川，南邻彭水，北挨万州，西靠丰忠。东扼齐耀以通荆楚，西莅方斗俯瞰长江。龙河来东方，三面环水；青山绕城郭，四方列嶂。

夫昔蜗角蚊睫，檐矮倚兮妨帽；青瓦泥地，户平行兮碍眉。崎岖兮狭屋，水深兮火热。臭气扑鼻，而夏日可畏；寒风透屋，而冬天可悲。民国兮无电力照明，民众兮燃松烛取光。玉浚河兮玉带，绪兴教兮公学。红军过石而掘新井，万民饮水而思深恩。

峥嵘岁月成过去，婀娜风物看今朝。璀璨历史冠中华，辉煌现代耀巴渝。两岸含烟杨柳绿，草木青青好风光；一河倒影桃花红，湖光潋潋新景观。

于是乎玉带穿心，东起水神庙，西出七星桥，割城南北两半；铁路插腹，西自成都市，东抵上海滩，连贯东西一线。五二建电站，五五修公路。八小时至上海，两小时达渝州。庚辰兮建公园，己丑兮通高速。

滨河弯弓，玉带绷弦，大桥似箭头在弦上，松手即飞逝；玉都参天，金鼎高耸，天佳像天梯接宇间，伸手可揽月。石栏石桌石凳，基石稳地，同心同德，伫立南宾河畔，默默无闻供人憩；木柱木板木楼，吊楼悬空，古色古香，当去清河客栈，幽幽飘馨待君歇。人行吊桥登翠旗，点点艅艎来眼帘；鸟鸣枝头藏青山，声声雀音入耳膜。龙舟何泛泛，空水共悠悠。龙潭映玉盘，旗山披碧毯。百花争艳，千树竞春。滨心处，土司良玉骑马握枪三勤王；万安山，太白古岩诗藏碑亭两见史。崇祯帝御笔赐诗曰："谁肯沙场万里行"；郭沫若命笔诗颂云："石砫擎天一女豪"。大都督府联云："汉室将军甲地；明朝都督人家。"华灯放处，含水山城三五里，或赪或紫飞霞烟；音乐起时，露天舞厅五六家，人山人海舞翩跹。龙吟大海嬉落日，雁叫长空逗行云。猗猗绿竹摇江月，灿灿红楼横秋风。旗山雨霁，云蒸霞蔚，莽莽苍苍如东海波涛涌；大坡日出，草长莺鸣，翼翼纷纷若蓬莱彩云飞。东城新苑，芳草萋萋百花艳；城南园区，机声隆隆千业兴。

五石同进，四通八达。绿大新强，五龙腾飞振石柱；民歌太阳，石柱擎天誉中华。市级山水园林城，渝东交通新门户。物华天宝而斗牛闪辉；人杰地灵而英模辈出。两岸学子莘莘兮书声朗，中华人才济济兮春意盎。好山好水兮钟灵毓秀，我土我民兮纯朴洞寨。忆新中国六十花甲前，古称神州西南蛮荒地；庆共产党九十华诞时，今是盛世民族文明乡。

方斗巍巍，龙河泱泱；齐耀奕奕，石柱煌煌！

【作者简介】

陈鱼乐,笔名陈垚、田冲、金鑫,男,土家族,生于1962年,本科毕业。现任重庆市石柱县司法局副局长。1992年开始发表作品,2004年出版散文集《武陵情诗》(合)。先后发表散文、诗歌、小说、报告文学100余万字,多次在全国征文、创作年会评比中获奖。

中国共产党九十华诞赋

雷永学

自鸦片硝烟,甲午风云,诸夷虎视华夏,列强蚕食鲸吞,泱泱古国,实亡而名存之也。内沦半封建之社会,外蒙半殖民地之羞称,华胄仁人志士,无不思拯国以救民。盖因理想有误、主义失真失败而消泯。清宫虽倾,共和方兴,然独裁统治,悖逆中山先生,故国无宁日,民不聊生。

迄南湖灯亮,东土日升,革命真理在握,前景始现光明。领工农走斗争之路,镰斧赤帜高擎。风雷席卷天下,浪涛云涌乾坤。挽弓射日,万马奔腾。南昌秣马,井冈厉兵。反围剿,拒敌军。策小米步枪之旅,御机枪大炮之兵;凭铜腿铁脚之毅,超汽车坦克之程。北上抗日,万里长征。越穷山,涉恶水,挥师湘川赣,策马陕甘宁,不断反"左"斥右,遵义方告澜平。自兹窑洞运筹千里,延河指引万军。八年浴血,三载鏖兵,三山推倒,九鼎铸成。中华人民共和国成立,旭日灿烂光明。

值中国共产党九旬华诞,虽缅先烈既逝,但庆后继有人。试看今日之共和国,国交泰运,气转鸿钧,万方和乐,百业振兴,立法度,重民生。改革春风,为江山添秀;开放时雨,报天下回春。发展硬道理,治国根本;科学发展观,兴邦核心。经济空前发达,政治格外修明。工业炳炳,农业蓁蓁,商守诚信,士乐儒林。国防金汤固,文艺百花荣。教育转型素质,科技登先进鹏程。金融稳健,府库充盈。国力与日俱进,国威逐日提升。外交活跃，倡导和平。港澳回归故国，台海两岸共樽。火箭穿空空闪耀，嫦娥探月月透明。反腐如劲风卷落叶，倡廉以烈火冶真金。西部开发，谋深略远；中部崛起，胆英识明。南水北调，北方受益非浅；西电东输，东地获利殊深。立体交通，海陆空三位一体；网络电讯，稳准快万确千真。职工遂心于劳动保障，黎庶称意于医疗卫生。体坛频传喜信，外贸屡告双赢。臻社会于小康，布德政于兆民……嗟夫！九十年之丰功卓绩，纵积纸如山，墨池如海，奈何笔秃，表述难清。

古云创业维艰，守成不易。诚然，追忆先哲，思远谋深。夙夜匪懈，奋斗不停。豺狼兴于前，决无退缩，虺蜴乘其后，勇往直行。伟哉壮哉！创业艰辛。当今首领，信念坚定，主义恒贞，以人为本，执政为民，臻邦畿强盛，举特色社会主义大纛前行，承创业之艰难，立守成之高勋。德配天地，福劭后人。饮水思源，幸福来之不易，吾侪当恒念党恩常泽，珍之益珍。

华诞届临，倍觉温馨，谨呈数语，聊表愚忱，敬祝天齐鹤算，永葆青春。

【作者简介】

雷永学，1929 年生，武汉黄陂人，卒业于前湖北省教育学院。1950 年参加教育工作，中学语文高级教师，从教 43 年。现任武汉市黄陂区诗词楹联学会学术顾问、老年大学教授。有著作十余部，发表诗、词、联及曲艺数百余首（篇）。

芳华咏赞

王礼鸣

开天辟地，嵌锤镰之伟兆。峻光喷朔，灿金辉则永昭。含英萃岫，功绩殷透以骄。飘荡所引，延脉九零华诞。亘古艳芳，锦绣万里河山。花坛颂曲，日月昭回映天。一夫独秀之始，三湘泽东呼应，四海风烟为革，五湖击水扬帆。如是马列，堪演斗争，会当聚起民众千百万。应天下，除剥削，求平等，主张盖显。嗣蹈炎烈，血染鉴旃。共产党者夙承提耳，惊呼苍生无救主之音，掘冬宫沙皇而知主义。于是工农睿醒，动迈湘赣起义，井冈为据，冀苍昊之我眷，惟有真理。播星火以燎原，灵旗露浥。红缨抗黩五剿，长征北移。青山惊刹四水，赤旆兴起。戴天履地峥嵘，八年抗日临危不惧抵御民族危难，三大战役浴血艰卓尚举英雄豪气。元戎启行，旬朔遽举，共享共和，浩漫大昌。天亶之英，建国宏谟，肇开景辉，神州属望。

火旌赤色，镶五星遍九州。霏崭芳华，辉彩秀以春秋。吐露双馨，伟业湛浓而优。沉浮往事，缅怀万祺先驱。肇新吐翠，熙宁六合雨露。松柏苍描，乾坤扭转浩宇。一舟华夏启程，三代伟人统领，四项原则固本，五岭红云细雨。且夫理想，特色改革，始于小岗农村十八户。赶潮流，谋发展，促效益，民殷共裕。春光爽熠，存荣普福。公有改制市场惟先，奇迹特区有妙笔之作，助神舟遨游则飞太空。此乃国器云蒸，静观大地苍穹，紫荆花开，携莲花归故里，复却回中。烹奥运如小鲜，金牌称雄。蓝图绘制千载，世博成功。峻岭平湖三峡，悬臂缚龙。斧劈镰革岁月，兆仰丹旌英烈不朽宏图华夏复兴，九零春秋继往开来昭然日月与共。矩恋星斗，思国思民，迹载丰旐，振吾军魂。科学之坛，纲法经纬，三个代表，党旗永存。

【作者简介】

王礼鸣，就职于江苏省南京市省级机关，多次在中赋网发表作品。

延安赋

段广举

延安乃西北一域。然其声沸海内，名传八方；瞻者益众，研者益广。天降大任，托国运于僻壤；小县何幸，成中华革命之摇篮。

一九三七年初，中国北方大地正寒凝将消，阳气初升，日寇侵华正盛。时毛泽东际会于此，宝塔山上闪光亮，革命思想万丈长。十载图驱日，胸中展宏图。

是时也，日寇甫败，中正心气正盛，仍欲圆“剿匪”旧梦。于是设指挥部于南京，乃六朝古都，纸醉金迷之城。当是时，势虽必胜，党却还穷。战事紧，参谋竟无标图之笔，而以红蓝毛线推盘演兵；文电急，领袖苦无办公之所，只就炕桌马灯草拟电文。谈笑间，日寇败糜，四载内战，国军败北。全国解放，大局已定。

当此乾坤逆转，将开国定都之时，中共高层审时度势，析未来；言切切，防微杜渐，议党风。中国革命乃土地革命，政权之争实民心之争。仰观自陈胜吴广至太平天国，起起灭灭，热血空洒黄土旧，悲歌唱罢王朝新。只有共产党，地契旧约照天烧，彻底解放工与农。党无己利，人无私心，决心走出人亡政息周期率；言也为民，行也为民，载舟覆舟如履薄冰。

延安，革命摇篮，圣灵之地。正西风烈，柏松翠，坡草青，精神在，长久存。

【作者简介】

段广举，1983年9月生，黑龙江省海伦市人，毕业于福建华侨大学行政管理专业。现就职于广东省汕头市南澳县党政办公室。

泗洪赋

陈恩科

壮哉泗洪，千载帝都，物华天宝，苏北名珠，扼濉汴之重渡，据淮海之要冲。悠悠岁月，松林庄猿人遗址；纷纷列国，徐偃王威镇诸侯。信义昭著，挂剑台声扬千古；芳名不朽，分金亭屹立人间。水漫泗洲，淮上人遗恨千载；麒麟守墓，明祖陵气势恢宏。西汉画像，重岗山石刻出土；春秋珍宝，凤凰墩金玉流光。技夺天工，曹庙乡东汉雕刻；珍藏国宝，下草湾猿人化石。晴波掩映，金陡湖鱼蟹鲜美；风调雨顺，护国寺晚钟悠扬。影映湖山，应山集风光秀丽；恨遗梁武，浮山堰水灌寿阳。晶莹细嫩，天井湖银鱼出海；橙黄香脆，大柳巷梨味甘甜。双沟美酒，随淮水流香千里；金闸大蟹，坐客机远渡重洋。珍禽野鸟，常栖息城头林海；古朴典雅，喜玩赏后窑陶瓷。春风绿野，濉水畔桑园万顷；秋高气爽，天岗湖遍野牛羊。

若夫洪泽湖，烟波浩渺，云浪接天，山清水秀，气象万千。春风舒柳，雁落沙滩，新荷出水，细草铺毡。夏水初涨，万顷碧莲，渔网排阵，鸥鹭回旋。秋月如镜，苇白蓼红，稻香蟹肥，晚棹渔翁。冬梅初绽，水落渚清，南山林瘦，古渡枫红。湖山如画，景色宜人，晦明变化，笔下难穷。

且夫雪枫墓园，气贯长天，纪塔巍巍，临九岗而横碧落；陵墓森森，绕松柏而卧苍烟。南山耸翠，朝百鸟而鸣鸾凤；画亭临水，观游鱼以赏荷莲。馆映朝阳，垂英雄于青史；碑刻烈士，留芳名于人间。

况夫历史悠久，人文荟萃，山河壮丽，诗人咏歌。风雨潇潇，白居易咏隋堤柳；混茫元气，郭鹏举歌洪泽湖。天涯孤光，唐马戴夕次淮口；野唱农耕，宋林逋汴岸晓行。湖天夕照，陈元帅扁舟飞渡；家如夜月，彭将军乱世伤怀。

至若泗洪古城，更换新装，巍峨壮丽，金碧辉煌。烟柳画桥，园林里河环水绕；楼阁参差，小区内鸟语花香。世纪公园，塔环二水参霄汉；泗洲大桥，楼映清波耸碧苍。招商引资，开发区百业兴隆；远景规划，环城路无限风光。太平盛世，万民乐业，国运昌隆，物满廒仓。英雄辈出，名随江山永著；捷报频传，功同日月齐光。神州大地，换锦绣之江山；中华古国，似龙凤之翱翔。河清海晏，吾辈宜击壤高歌；舜雨尧风，骚人当纵情吟唱。口吐珠玑，希诸君诗传四海；阳春白雪，望群贤韵播八方。刍荛一束，聊表衷肠。

【作者简介】

陈恩科，江苏泗洪人。中华诗词协会会员，江苏省诗词协会理事，宿迁市诗词协会副会长，泗洪县诗词协会会长兼《泗洪诗词》主编，在全国各诗词大赛中多次获奖。编有《枫霞集》、《风雨慰忠魂》、《猿洲诗词》、《泗洪诗词》九集、《抱月吟》四集，著有《烟波诗草》二集。

馆陶赋

牛兰学

冀南平原，卫水之畔；名邑馆陶，千年古县。西邻太行，东望泰岱，足下陶山凌云蔚然；南眺大河，北连京燕，依傍运河流韵蜿蜒。呜呼！千年复千年，旧貌变新颜；叹然！沧海又沧海，桑田出巨变。试看！广袤沃野，天青地绿，共享和谐社会；水泽两岸，波碧鸟欢，同创崭新章篇。

上溯远古，北京人留下采摘足印；磁山文化，蚩尤部射出狩猎箭矢。三皇五帝，尧舜相继。禹划九州，此为冀地。周属邶卫，黄河恣意。春秋属晋，始设冠邑。三家分晋，再属赵地。陶丘兀立，赵置馆驿；馆陶两字，传至今日。秦有驰道，通达南北。汉初置县，魏州辖治。曾为州郡，四百余年。隋代运河，百舸竞帆。宋辽交战，生灵涂炭。明代迁民，薪火相传。康乾盛世，东西陆线。抗日战争，千里烽烟。冀南战区，红色摇篮。古有八景，虎踞龙蟠。曰东岳晴云，长堤春色，陶山夕照，古井甘泉；曰黄花故台，驸马古渡，卫河秋涨，萧城晓烟。谁言斯土僻，出廓通津栏。

沃土撷珠，人文馆陶。大禹治水，彭祖求寿。孙庞斗智，子夏解惑。段子干木，魏侯献策。汉风唐韵四位馆陶公主，数刘嫖造就一位皇帝两位皇后，被历史学家称最贪欲十大女人；三国晋明三位馆陶封王，看曹霖面对三大河流一子曹髦，传成语典故叫皆明白司马之心。项羽过馆陶破釜沉舟；刘秀战清渊复兴东汉。唐初明相魏徵，扶太宗耀贞观，曰人镜，千秋金鉴；宋时名将宗泽，携岳飞抗金兵，呼渡河，国而忘家。柳开开一代文风，王鼎鼎同事包拯。王安石发馆陶春风马上梦；司马光步鲧堤向来烟火疏。穆氏桂英，杨门女将。靖难之祸，扫碑燕王。明将王玠，抗倭荣光。耿氏如杞，不拜奸相。日寇犯我中华，细菌作战，卫河两岸霍乱流行，酿成万件惨案；抗日民族英雄，范氏筑先，裂眦北视决不南渡，誓死还我河山。邓小平做动员，开辟抗日根据地；宋任穷入敌后，迎来馆陶解放天。

典故之乡，成语串串。路不拾遗，偏信则暗。求贤若渴，以人为鉴。敬而远之，水亦覆船。金屋藏娇，不虞之变。书之笏，馆陶园；主人公，传典源。二人板舞，四股弦戏，酱瓜腌制，木偶表演；冀南皮影，馆陶蜡花，张家坠书，运河遗产。抗日村名，牛郎传说；民间故事，口口相传。看脉脉人文，数千年渊源。五星红旗耀华夏，千年古县天地翻。石油部长，宋氏振明。煤炭部长，名曰肖寒。人事部长，焦氏善民。黄委主任，王氏化云。四川省长，鲁氏大东。文化大县，点点繁星。当代著名诗人，笔名雁翼。现代漆画之父，乔氏十光；人才代代出，英雄辈辈强。

古邑新韵，美哉馆陶。三年变样，令人瞩目。两条国道，交会县城。两条高速，县域纵横。馆武省道通达南北，邯济铁路横穿西东。黄金美酒，中国首创；陶山黑陶，内外名扬。微型轴承，星火燎原；化工新城，蒸蒸日上。蛋鸡产业，全国人均第一，名中国蛋鸡之乡；金凤公司，国家龙头企业，称全国十大市场。金凤大道，行政中心高楼林立；新华大街，商业门店人流如织。滨河公园，风景有趣；公主湖区，初露风姿。校园建设，桃李满园；和谐农村，农家新居。待入夜，霓虹闪烁，华灯璀璨，构筑平安小城；看明日，街道纵横，繁华似锦，奏响创新之歌。

幸哉馆陶，以人为本，又谋科学发展新规划；伟哉馆陶，东部振兴，再创和谐共享新高度。今年大变样，明朝更辉煌。心潮澎湃之，赋之永不忘。

【作者简介】

牛兰学，1963 年生，河北馆陶人，中共党员，中国社会科学院研究生学历。河北省作家协会会员。1986 年开始发表作品，主要从事散文、杂文、诗歌、报告文学等创作，已发表作品 600 万字。

太平盛世三农赋(以题为韵)

苏自宽

四海承平,万民稼穑。两会召开,三农优策。时和兮大业从新,世泰兮小康加快。税赋免而反补资金;楼房新而整齐村寨。直运农机于乡镇,岁岁而成种户急需,总凭科学之耕田,年年而鼓春风和泰!

方今之政,莫若惠民重农之情。频颁频布而优农户;得益得恩而感京城。示天下咸知耕敛,使寰中共讲种兴。纵赐妙修文好显冠裳于坛坫;虽由能治武不排甲兵之坚征。还须得良工火炼钢,将挂三军之剑;巧匠炉冶铁,兵锄四野之平。

于是农业大兴,农村大幸。玉米丰登,金秋共庆。想工师一朝铸就紫电青霜,看田父几辈携来红膝翠影。荷锄下地何妨劳体健康;积谷盈仓喜见盘餐丰盛。

今则不起兵戈,攸宜穑事。八政则惟食居先,四民则就农专议。逞此东风得意,三山五岳竞鹏飞;从兹政策暖心,万户千家争富裕。治平海宇,中华巨变,喜同天地之长春;化起神京,祖国腾飞,恍似唐虞之盛世。

遂乃一师何恋,五斗羞贪。心甘遗老,俗脱清谈。剑既化夫精锐,戟亦敛其凶顽。宝铗金精无俟及锋而试;青畴绿壤不妨负耙相联。羡有柴扉观秋光之六六;推开牖户寻苔径之三三。

方今风催李绿,雨洒桃红。两岸同心,母子亟期同赏月;万家共愿,陆台盼待共兴中。尤慕山明水秀人和,桃源再现;且欢乐业安居国泰,德政亨通。将见偃武修文终泯戎兵之士;但愿犁云锄雨易为稼穑之农。

念吾党恩泽遐施,神威远布。百行兴争竞之风,万物有归怀之慕。想歌风之化理曾经颂德乎文坛;睹似雪之锋芒奚用藏兵于武库。不仅荷锄人众顿销兵器之氛;抑且击壤歌兴共上太平之赋。

【作者简介】

苏自宽，字省三，笔名耕夫、艾诗文，号眉山世家堂主人，1936年生。现任南京艺海潮书画院诗词创作研究部主任。曾在报纸、杂志及诗社联坛刊物上发表诗联约500首(副)。著有《南窗诗词》、《眉山堂诗稿》、《眉山堂联稿》等，共征编唱和诗集30余本，作品被选入80余种书集。

为中国共产党九十华诞放歌

罗上球

融融丽日，曜红祖国长天。习习春风，饰绿神州大地。百花盛放，骚人尤畅雅怀。大地飞歌，同歌舜日。普天欢庆，人民共庆尧天。赞党英明，九十春秋华诞。

事业伟大，历史光辉！党率精英，共绘蓝图特色。实行改革，黎元乐业安居。税免农耕，鼓腹高歌颂党。教育义务，儿孙免费读书。世贸经商，发展凭其才志。扩充外汇，国民经济腾飞。科技高尖，喜看神舟探月。国防巩固，赢来国泰民安。核弹成功，御敌保家卫国。功归于党，琴心剑胆为苍生。改善民生，堪言史无前例。和谐共建，繁荣强胜之中华。

后记

2011年，是举国同庆伟大的中国共产党90华诞之年，值此盛世盛典，中共重庆市委宣传部、人民日报文艺部、中国新闻文化促进会、《中华辞赋》社共同举办了“为中国共产党九十华诞放歌”诗词联赋征文大赛，以中华传统文学形式诗、词、联、赋，共忆党的光辉历程，同颂党的丰功伟业。

以诗、词、联、赋为代表的传统文化是中国经济发展、文化繁荣、社会进步、民生康乐不可缺少的精神财富。把弘扬中华传统文化和纪念党的光辉历程相结合，在重大的政治活动中融入传统文化的元素，使其富有深厚的文化底蕴，同时具有鲜明的时代气息，是本次大赛的特色和意义所在。

本次大赛的顾问团队、组委会阵容强大。全国党建研究会顾问、中共中央组织部原部长张全景，全国党建研究会会长、中共中央党校原常务副校长虞云耀，文化部原部长刘忠德，著名学者周汝昌、马识途、霍松林等受邀担任顾问。组委会主任由国家新闻出版总署副署长、《中华辞赋》社编委会主任李东东，中共重庆市委常委、宣传部部长何事忠，人民日报社文艺部主任龚达发，新华社原副总编辑、《中华辞赋》社社长闵凡路共同担任。评委会亦云集了诗词联赋界的众多专家：闵凡路、周笃文、孟繁锦、林岫、黄彦、高永中、唐方裕、张国才、陈东平、叶子彤、董玉华、刘煜立、李永泉、曾凡宏。

稿件征集自2011年4月1日开始，6月30日截止。全国各地的参赛作品如雪花般纷至沓来。组委会共计收到应征稿件16279篇，其中诗词11707篇，楹联3970篇，赋602篇。评审工作于8月10日结束，经过评委会认真、公正的评审，评出一、二、三等奖及优秀奖，共计240篇。上万件作品中，有对毛泽东、周恩来、邓小平等老一代领导人的赞扬；有对九十春秋重大历史事件或革命战争的讴歌；有对改革开放时代中国大地沧桑巨变的礼赞……作者来自全国近30个省、市、自治区，涵盖土家族、布依族、壮族、满族、白族、回族、蒙古族、彝族、侗族、苗族等少数民族，也不乏身在海外、心系祖国的华人。参赛者的身份涉及各行各业，有农民、工人、教育工作者、军人、科研人员、学生、政府官员、医务工作者，还有很多离退休干部和老兵。无论古稀长者还是年青一代，无论党员还是群众，无论汉族还是少数民族，无论从事何种职业，大家对党的感情一样的激情奔放。

活动的成功举办离不开中央有关领导的支持、关注，离不开各主办单位的通力配合、付出。本次活动特别得到全国党建研究会、中国楹联协会的大力支持。著名书法家高军法、于恩东、洪厚甜、王民德、袁波、唐方裕、杨秀文书写了部分获奖作品。海盐变压器有限公司、祐康食品（杭州）有限公司、传化日用品有限公司及黄政、唐友谊、闫银柱、何宏明、李毅、何则伟等先生从不同角度对活动给予有力支持，在此一并表示感谢。

作为大赛最重要的成果，获奖作品集《砥柱中流颂》由《中华辞赋》社、中共重庆市委宣传部编辑，重庆出版社出版发行。虞云耀同志专门为本书撰写序言，唐方裕同志题写书名。相信这一本融合红色经典、文学经典，兼备思想性、文学性、艺术性的好书，会是一道奉献给广大读者的格调高雅、内涵丰富、启迪心灵的文化大餐！

重庆出版社
《读点经典》系列衍生品

《读点经典》丛书

《读点经典·俭以养德专辑》

《读点经典》合订本

《读点经典》精选本

《读点经典》电纸书

《读点经典》中小学生版

《读点经典》钢笔字帖系列

《读点经典》音乐本

《读点经典》图书馆珍藏本

《读点经典》礼品书

《中外朗诵经典诗文选》

《古今中外箴言 1000 则》

《修身养性新增广》

《诸子百家箴言》

《重庆读本》

《重庆爱国民主人士诗词精选》